주식회사 히어로즈

기타가와 에미 장편소설 | 추지나 옮김

차 례

'아무런 재미도 없는 인생이었어.'

덜컹덜컹, 흔들리는 전철 안에서 어제 들은 외할아버지의 말을 회상했다.

"할아버지가 쓰러지셨어."

일주일쯤 전에 엄마에게 소식을 들었다.

"지금 당장 어떻게 되시는 건 아니지만……."

수화기 너머로 들리는 엄마의 말에 자못 난처한 듯 '요새 일이 바빠서'라며 말을 흐렸다. 한동안 부모님과 연락하지 않고 지냈다. 엄마가 입원한 할아버지 때문에 고향으로 내려간 것도 전화를 받고 알았다.

그로부터 사흘 뒤에 엄마에게 다시 전화가 왔다. 할아버지에게 무슨 일이 생겼나 싶어 순간 가슴이 철렁했다.

"할아버지가 너는 잘 지내냐고 날마다 물으셔. 당신도 이제 오래 못 버틴다며 약한 소리하시고. 어떻게, 이번 주말쯤에 여기 올 수 없겠니? 옛날에 할아버지가 너랑 잘 놀아주셨잖아."

그런 옛날이야기를 꺼내면 어떻게 반응해야 할지 모르겠다. 더 이상 싫은 기색을 보이면 엄마의 말이 잔소리로 바뀔 것 같은 분위기를 감지하고 "알았어. 시간 내볼게" 하고 순순히 대답했다.

"하다못해 한 번만이라도 얼굴을 비쳐줄 수 없겠니?"

마지막에 엄마가 한 말이 내 등을 떠민 것도 사실이었다.

하다못해 한 번만. 할아버지의 연세를 생각하면 그 뜻은 잴 필요가 없다.

특별히 일이 바쁘지는 않았다. 벌써 여름방학이 시작된 대학도 많아서 다른 아르바이트생과 근무시간을 바꾸는 건 그리 어려운 일도 아니었다.

치익, 하고 전철 문이 열리고 나는 수많은 사람들과 함께 승강장으로 쏟아져 나왔다.

간밤에 부엌 형광등이 나갔다. 할아버지 병문안을 갔다가 돌아오자마자 형광등이 나가다니 불길하기 짝이 없다. 기분 나쁜 소리를 내며 깜빡깜빡 불이 들어왔다 나갔다 하는 형광등을 바라보며 그런 생각을 했다.

아르바이트도 쉬는 날이라 저녁에 시간이 남아돌던 나는 형광등을 사기 위해 일부러 전철을 타고 도심에 있는 전파상까지 갔다. 집 근처 편의점에는 형광등을 팔지 않는다. 도시는 때때로 불편하다.

개찰구를 나와 사람이 많이 다니는 교차로에 이르렀을 때, 길 건너의 전광판에서 큰 소리가 들렸다. 전광판을 쳐다보는데, 뒤에서 누군가 내 어깨를 쿵 쳤다.

"아프잖아……."

짜증 섞인 목소리가 난 쪽을 쳐다보니 시대착오로 보일 만큼 희한한 옷차림의 남자가 나를 노려보고 있었다. 뾰족뾰족 세운 금발에, 귀와 코에는 짤랑거리는 피어스를 했는데 여러 개의 피어스들을 체인으로 연결해놓아서 움직일 때마다 짤랑짤랑 소리가 났다. 걸으면 상당히 시끄러울 것 같다.

'지가 부딪쳐놓고 시끄럽네.'

마음속으로 욕설을 퍼부었지만 표정에는 드러내지 않았다.

웅얼웅얼 "죄송합니다……"라고 대답하자 남자는 한쪽 눈을 찡그리며 들으란 듯이 "칫" 하고 혀를 차고 지나갔다.

사람들 틈에서 전광판의 영상에 정신이 팔려 갑자기 멈춰 선 내 잘못이었을까. 하지만 다른 사람들은 서 있는 나를 피해서 잘만 지나갔다. 멀어지는 남자의 등을 멍하니 바라보면서 다시 "짜증나네……"라고 중얼거렸다.

얼굴을 마주했을 때 말하지 않은 이유는 쓸데없는 다툼을 일으키지 않기 위해서다. 이런 곳에서 싸움을 일으키는 건 멍청한 짓이다. 절대로 내가 겁쟁이라 그런 게 아니다.

"오늘은 『톤 앤 톤 TORN&TONE』의 원작자인 도조 하야토 선생님과 작품의 매력에 대해 이야기 나누겠습니다."

다시 전광판으로 시선을 돌렸다. 사방이 바다로 둘러싸인 작은 섬에 사는 고등학생들이 나고 자라온 섬을 지키기 위해 정체불명의 거대 세력과 싸우는 SF 청춘 군상극.

1년쯤 전부터 젊은 층에서 빠르게 인기를 얻은 이 만화는 '톤톤'이라 불리며 애니메이션, 소설, 극장판으로 만들어지는 등 그야말로 통통 튀어가듯 비약했다.

도조 하야토는 내가 초등학생이었을 때 만화가로 데뷔했다. 데뷔하고 몇 년이 지나고 『톤 앤 톤』을 연재하기 시작했을 무렵 그는 아직 가난한 만화가였고, 아마도 내 월급이 그의 수입보다 많았을 것이다.

"완전히 나 혼자 제자리걸음이구나……."

전광판 속에서 어색하게 웃는 도조 하야토는 이쪽 사정 따위 개의치 않고 인터뷰를 이어갔다.

STEP_01
아수라장을 겪다

나는 또다시 그 교차로에 있었다.

"오늘은 『톤 앤 톤』의 원작자인……."

전광판에서는 그날과 마찬가지로 도조 하야토가 어색한 미소를 지으며 극장판 『톤 앤 톤』을 홍보하고 있다.

멍하니 영상을 보고 있는데 내 앞으로 한 남자아이가 깡충깡충 뛰며 지나갔다. 해 질 녘의 초등학생. 2, 3학년쯤 된 것 같은데, 친구와 놀다가 집으로 돌아가는 길일까? 곧 여름방학이라고 들떠 있나 보다.

이 주변에서 흔히 보지 못한 교복 차림이다. 전철을 타고 사립학교에 다니는 건가. 어린 나이에 전철로 통학이라니, 고생이 많다.

횡단보도의 하얀 부분만을 밟으며 걷는 놀이. 운을 시험해 보는 그 놀이는 내가 어릴 때도 자주 했던 것이다.

혼잡한 사람들 사이로 깡충깡충 뛰는 아이의 모습을 웃으며 지켜볼지 성가시게 생각할지는 개인의 자유지만, 아마도 조금 전 금발 남자라면 성가시다고 생각하겠지.

책가방을 멘 소년의 뒷모습을 이유도 없이 눈으로 좇았다.

소년은 아까 나에게 혀를 찬 금발 남자 바로 옆을 부딪힐 듯 말 듯 바싹 붙어 지나갔다.

금발 남자는 고개를 살짝 갸웃하며 소년을 보는 듯했다. 뒤에서 남자의 표정까지 확인할 수는 없었지만 적어도 혀를 찬 것 같지는 않았다.

소년은 횡단보도 끝에 다다를 때까지 하얀 부분만 밟으며 건넜다. 오늘은 소년에게 행운의 날일 것이다.

행운이 따른 소년은 누구에게도 야단맞지 않고 무사히 맞은편에 도착했고, 행운이 따르지 않은 나는 횡단보도 바로 앞에서 있다가 깜빡거리는 초록색 신호에 건너기 위해 달리는 사람과 부딪혔다. 이번에는 왼쪽 어깨였다.

그때 '끼이이이익' 하고 요란하게 자동차의 급브레이크를 밟는 소리가 울려 퍼졌다.

놀라서 몸을 움츠리는 동시에 '쾅' 하는 폭발음이 땅을 뒤흔들며 콘크리트 건물로 가득한 도로에 메아리쳤다.

사람들이 비명을 질렀다. 혼란에 빠진 사람들 속에서 맞은편 전봇대를 들이받은 하얀 자동차가 보였다. 자동차 보닛이 찌부러지고 주변 여기저기로 잔해가 튀어나갔다.

차 안쪽에 정신을 잃은 듯한 사람의 다리가 보였다.

주변이 소란스러운 가운데 나는 다급히 소년이 어디 있는지 찾았다. 책가방을 멘 소년은 조금 전 횡단보도를 건넜다. 하얀 부분만 밟으며 신나게 건너갔다.

그러나 모여든 구경꾼, 신호가 바뀌어 달리기 시작한 자동차들, 넓은 도로를 사이에 두고 맞은편에서 키 작은 소년의 모습을 확인하기는 어려웠다.

사람들에 묻혀 놀랐을까. 겁을 먹고 집으로 돌아갔을까.

아니면…… 설마 저 차 너머에…….

이쪽 사람들도 뒤에서 자꾸 밀어닥쳐 횡단보도로 우르르 쏟아지지 않을까 걱정될 정도였다. 구경꾼들을 헤치며 자세히 살펴보자 차 옆에 굴러다니고 있는 누군가의 신발이 보였다. 땅바닥에 서서히 퍼져가는 검붉은 액체도 보였다.

'저쪽'에서는 누군가가 누군가의 이름을 부르며 울부짖고 있다. '이쪽'에서는 다들 흥분한 기색으로 '사고 났어', '진짜

네' 하며 약속이나 한 듯 하나같이 휴대전화를 만지작거렸다. 휴대전화를 들이대며 영상을 찍기도 하고, 때때로 찰칵찰칵 셔터 누르는 소리가 들렸다.

횡단보도를 사이에 두고 '저쪽'과 '이쪽'은 완전히 다른 세상 같았다.

소년이 신경 쓰여서 가만있을 수가 없다. 그러나 이쪽에 있는 나는 아이의 안부를 확인할 길이 없다.

다시 신호가 바뀌었다. 나는 생각할 틈도 없이 저쪽을 향해 달렸다. 사람들이 자꾸자꾸 '이쪽'에서 '저쪽'으로 쏟아져 눈 깜짝할 사이에 구경꾼이 만든 울타리가 한층 더 크게 부풀었다.

나는 구경꾼들을 밀어젖히며 안쪽으로 들어가려 했지만 사람이 많아서 이러지도 저러지도 못했다. 그사이 뒤에서도 구경꾼들이 밀려들어 꼼짝할 수 없게 되었다.

구경꾼 울타리의 중심부에서는 끊임없이 사람들의 말소리가 들렸다.

"괜찮아! 곧 구급차가 올 거야!"

그중 한 사람의 목소리가 한층 크게 들렸다.

뒤에서 사이렌 소리가 들려오는가 싶더니 이내 구급차가 도착했다.

"비켜주세요! 구급대가 지나갑니다! 길을 터주십시오!"

꽉꽉 밀려든 구경꾼들을 밀어젖히며 구급대원이 원 한가운데로 향한다.

"이쪽에 서 있지 마세요! 위험하니까 물러나세요! 자, 여기서 나와요!"

어느 틈에 경찰관도 와 있었다.

뿔뿔이 흩어진 구경꾼 사이로 들것이 덜컹덜컹 달려갔다.

사람들 사이에 틈이 생기자 중심부가 잠깐 보였다.

"이제 살았어! 여기, 빨리요!"

울먹이는 목소리로 외친 사람은 조금 전 금발 남자였다.

금발 남자는 사람들 한가운데에 있었다. 피어스를 찰랑찰랑 흔들며 뛰어다녔다. 누군가를 지혈하고 있었는지, 검붉게 물든 셔츠를 손에 쥐고 러닝셔츠만 덜렁 입은 채 상대에게 필사적으로 말을 걸고 있었다.

그 모습에 가슴이 먹먹했다. 문득 자동차 아래로 검은 덩어리가 보였다.

책가방이다.

반사적으로 앞으로 나가려다가 누군가의 발을 밟았다. 그 사람은 "아프잖아!"라고 호통쳤다.

그 장면에서 잠이 깼다. 또 똑같은 꿈을 꾸었다.

머리부터 등까지 식은땀으로 흠뻑 젖어 있었다.

최근 일주일 동안 날마다 같은 꿈을 꾼다. 벌써 꿈속에서조차 '이건 꿈 아닌가' 하고 생각하게 되었는데, 일어날 때에는 항상 식은땀을 흘렸다.

귀에 닿는 소리는 창문을 닫아도 들리는 참매미 소리뿐.

시계를 보니 아직 7시가 되지 않았다.

자기 전 타이머를 설정해둔 에어컨은 꺼진 지 오래다. 동향의 창문으로 들어오는 햇볕이 너무 강렬해 낡은 다다미를 태우지는 않을지 걱정될 정도였다. 이러니 더울 수밖에.

"제길……."

무엇을 향한 것인지 모를 혼잣말을 하고는 냉장고에서 보리차가 든 2리터짜리 페트병을 꺼내 병째로 꿀꺽꿀꺽 마셨다.

아아, 덥다.

샤워하는 동안 에어컨으로 방을 식혀둬야겠다고 생각하며, 씻고 난 뒤 아르바이트 가기 전 가볍게 먹을 무언가를 찾아봤지만 빵이고 뭐고 없었다.

"귀찮네……."

컵라면이라도 끓일까. 하지만 이 더운 날씨에 먹을 거라곤 '다진 고기 탄탄면'밖에 없다. 이런 생각을 하는 동안에도 땀은 뚝뚝 떨어진다.

"더워……."

일단 샤워를 하자. 끈적거리는 땀을 닦아내고 싶다. 나는 에어컨 전원을 켜고 욕실로 뛰어들어가 샤워기에서 쏟아지는 냉수나 다름없는 물을 기세 좋게 머리부터 뒤집어썼다.

바깥으로 나오니 햇볕으로 데워진 아스팔트가 지글지글 열기를 뿜었다. 좀 전에 샤워하고 나왔는데 탄탄면으로 덥힌 몸 안에서 눈 깜빡할 사이에 땀이 쏟아져 나왔다. 아르바이트하는 편의점까지 걸어서 5분. 가깝다는 이유만으로 고른 일터인데, 탁월한 선택이었다. 점장도 아르바이트생들도 좀처럼 의욕이 없다. 그 허술함에 나는 마음이 편했다.

자동문 앞에 서자 수만 번째 듣는 경쾌한 멜로디와 함께 문이 열렸다. 오늘도 계산대 앞에는 손님이 한 사람도 없었다. 원래 그렇게 손님이 많은 가게도 아니었지만, 근처에 경쟁 가게가 생기는 바람에 그나마 있던 손님도 죄다 빼앗겨버렸다.

평소처럼 계산대 앞을 지나 라커룸으로 향했다. 계산대의 시계를 보자 근무 시작하기 10분 전이었다.

"안녕. 바로 나올게."

"감사합니다!"

내가 인사하자 앞 타임 아르바이트생이 반기며 대답했다.

나는 항상 5분에서 10분 정도 일찍 출근한다. 내가 옷을 갈아입고 나와 계산대에 들어가면 앞 타임 아르바이트생이 퇴근 준비를 하기 위해 라커룸으로 들어간다. 그들은 얼른 옷을 갈아입고 타임카드를 찍기 전까지 의자에 앉아 느긋하게 주스를 마신다. 정각이 되면 타임카드를 찍고 신속하게 퇴근한다.

학생 아르바이트가 많은 이 가게는 출근 시간 직전에 뛰어 들어와 아슬아슬하게 타임카드를 찍고, 근무 시작 시간이 한참 지난 뒤에야 계산대에 들어오는 녀석도 많다. 개중에는 "늦을 것 같으니까 타임카드 찍어줘! 주스 살게!"라고 연락하는 용사도 있다. 교대할 다음 근무자가 오지 않으면 퇴근하지 못하는 상황이다보니, 다른 아르바이트생들은 겨우 5분, 10분이라도 빨리 오는 나를 무척 따랐다.

"다들 다나카 형이랑 같이 일하는 날은 엄청 좋아해요."

유니폼을 입고 계산대로 들어가자 앞 타임 아르바이트생이 기뻐하며 말했다.

"다쿠랑 묶인 날은 진짜 최악이에요."

사사키 다쿠는 아르바이트생 중에서도 월등한 지각 상습범으로, 근처 대학교 2학년생이다. 참고로 오늘 내 파트너는 다쿠다.

"오늘 여자 친구랑 데이트하거든요. 형이라서 진짜 다행이에요."

야간 근무하고 기운도 좋다. 이 젊음과 체력은 솔직히 부럽다. 궁금하지도 않은 자랑을 들으며 속으로 '난 어차피 여자 친구도 없어'라고 투덜거렸지만 겉으로는 미소를 지었다.

"잘됐네. 그럼 빨리 들어가."

그가 계산대를 나가고 얼마 지나지 않아 다쿠가 허둥지둥 들어왔다.

"앗, 죄송합니다! 바로, 바로 나올게요."

늘 있는 일이다. 나는 한숨을 쉬었다.

다쿠는 서두르며 라커룸으로 들어갔지만 족히 10분은 지난 뒤에야 모습을 드러냈다. 이것도 늘 있는 일이다.

"아슬아슬 세이프. 위험했다."

"아니, 아웃이지."

"어어, 슈지 형 차가워."

아르바이트 멤버 중에서 유일하게 다쿠만 나를 '슈지 형'이라고 부른다. 붙임성 좋은 성격이 때로 부럽기도 하지만, 그렇다고 따라하고 싶은 정도는 아니다.

"타임카드로는 세이프였다고요."

"나로서는 아웃이야. 시계를 봐."

"고작 십 분이잖아요오. 정말로 슈지 형은 성실하다니까."

'네가 눈에 띄게 불성실한 거야'라는 말이 목구멍에서 튀어나오려는 걸 겨우 삼켰다. 미움받고 싶지 않은 마음이 입에 제동을 건다. 이것도 늘 있는 일이다.

이런 구제 불능인 놈에게마저 미움받고 싶지 않다고 생각하는 자신이 한심해서 미치겠다.

게다가 이 녀석에게는 지난번에 갑작스레 근무 날짜를 바꾼 빚까지 있다.

"하다못해 한 번만이라도 얼굴을 비쳐줄 수 없겠니?"

엄마의 재촉 전화를 받은 다음다음 날, 나는 큼직한 가방에 일단 이삼 일은 지낼 수 있을 만큼 여벌 옷을 챙겨 비행기를 탔다.

다쿠는 갑작스러운 근무 변경을 흔쾌히 받아주었다.

"진짜 돈 없었는데 도리어 고마워요."

그렇게 말하며 웃는 다쿠의 얼굴을 보며 나는 마음의 무게를 조금 덜었다. 다쿠가 지각 상습범이라도 미워할 수 없는 것은 이런 부분 때문인지도 모른다.

비행기에서 내려 전철을 타고, 전철을 한 번 더 갈아타야 할아버지가 입원해 계시는 병원 근처 역에 도착한다.

긴 여정 중에 할아버지를 떠올려보았다. 할아버지는 옛날부터 나를 예뻐해주셨다. 어렴풋한 기억이지만 늘 미소가 떠나지 않는 사람이었다.

마지막으로 할아버지와 여유롭게 만난 게 내가 사춘기에 막 접어들 무렵이었던가. 아니면 초등학교 저학년 즈음이었나.

굳이 따지자면, 먼 거리의 외가댁보다는 고생하지 않고도 갈 수 있는 친가 쪽을 우선했던 탓이겠지. 그래서 초등학교에 입학한 뒤로 외가댁에는 좀처럼 놀러 갈 기회가 없었다.

더욱이 초등학교 고학년이 되면서 서클 활동을 시작하고, 학원도 여러 군데 다니느라 시간이 부족해지자 워낙 거리가 먼 외갓집은 자연스레 찾지 않게 되었다.

그다음에 외할아버지를 만난 건 외할머니 장례식 때였는데 어른들은 다들 분주했고, 나는 오랜만에 만난 또래의 사촌들과 함께 지냈기 때문에 그때의 할아버지가 어땠는지 기억이 흐릿했다.

당시 이미 중학생이 된 나는 평소 접점이 없던 할아버지와 '할머니의 장례식'이라는 특수한 상황 속에서 어떻게 지내야 할지 몰랐던 건지도 모른다.

병원 근처 역 개찰구를 나오니 놀라울 만한 시골 풍경이 펼쳐졌다. 펼쳐져 있다는 말이 무색할 정도로 아무것도 없었다. 나무와 어설프게 포장된 길과 산…… 아니, 숲인가.

주위에 버스 정류장은 하나 보이지만 택시 승차장 같은 것은 없었다. 병원 주소가 적힌 메모를 한 손에 쥐고, 지나가는 택시가 없는지 주변을 둘러보는데 조금 앞에 작은 가게가 외따로 떨어져 있었다. 그러고 보니 갑작스러운 귀성이어서 아무런 선물도 준비하지 못했다.

나는 그 가게로 불쑥 들어갔다. 더없이 시골 아주머니다운 풍모의 여성이 "어서 오세요" 하고 억양 없는 목소리로 인사했다.

진갈색 나무로 지어진 작은 가게 안에는 그 지역에서 재배한 것으로 보이는 갖가지 채소와 버섯, 과일, 수제 떡 등이 진열되어 있었다.

뭔가 사려고 했지만 문득 '할아버지가 아무거나 드실 수 있을까?' 하는 생각이 들었다. 아흔에 가까운 고령인 데다 입원 중이다.

나는 가게 안을 한참 어정거린 끝에 무난해보이는 것을 발견했다. 새빨간 사과 네 개가 나란히 담겨 있는 플라스틱 상자를 들고 아주머니에게 "이거 주세요" 하고 건넸다.

하다못해 바구니 같은 데 넣어서 깔끔하게 포장해준다면 병문안 선물답게 보이겠지만, 가게의 분위기로 봐서 그런 서비스는 기대하면 안 될 것 같았다.

예상대로 아주머니는 말 없이 부스럭부스럭 하얀 비닐봉지를 펼치더니 그 안에 플라스틱 상자를 통째로 집어넣었다.

택시를 부르고 싶다고 하자 가까운 택시회사 번호를 가르쳐주었다. 전화한 지 넉넉히 20분은 지나고 나서야 역 앞에 택시가 도착했다.

고풍스러운 병원 건물에 들어서자 소독약 냄새가 코를 찔렀다. 역시 이 장소는 거북하다.

금방이라도 멈출 듯 천천히 움직이는 엘리베이터를 타고 3층에서 내린 뒤 305호실 문 앞의 명찰을 확인하고 얼굴을 슬쩍 들이밀었다. 새하얀 벽으로 둘러싸인 병실 안에는 침대 네 개가 있었는데 그중 두 개는 텅 비어 있었다. 할아버지는 가장 안쪽의 창가 자리에 튜브 몇 개를 연결한 채 누워 있었다.

엄마가 나를 발견하고는 "슈지!" 하고 반가운 듯 외쳤다. 그 목소리에 할아버지는 눈을 살짝 뜨고 "슈지야……" 하며 고개를 돌리더니, 이내 엄마의 부축을 받으며 천천히 상체를 일으켰다. 몹시 여위고 주름진 손등에 굵은 주삿바늘까지 꽂혀 있어 더욱 딱했다.

나보다 먼저 할아버지가 말을 꺼냈다.

"먼 곳까지 일부러 오지 않아도 되는데……."

내가 살짝 웃으며 "오랜만이네. 상태는 어때요?" 하고 판에 박힌 듯한 인사를 하자, 할아버지는 한참을 나를 바라본 뒤에 "다 컸구나……"라고 중얼거렸다.

엄마가 웃으면서 "당연하죠. 벌써 스물여섯 살이에요" 하고 할아버지 어깨에 카디건을 걸쳐주었다. 그러고 나서 "여기는 냉방이 너무 춥네"라며 중얼중얼 불평했다.

그 뒤 몇 가지 일상적인 이야기를 나누었다. 올해 날씨며 열사병, 그리고 이웃이 기르는 개 이야기 등을 나눴는데 주로 엄마가 말했다.

갑자기 떠오른 것처럼 손뼉을 짝하고 친 엄마가 말했다.

"맞아, 아까 멜론을 받았어. 아버지, 잘라드릴까요?"

"슈지 먹게 잘라줘. 난 사과를 먹지."

"어머나, 그러네. 슈지, 사과 사왔구나."

병실에 들어오자마자 엄마한테 아무렇게나 건넨 하얀 비닐봉지 속의 새빨간 사과를 할아버지가 알아챈 모양이었다.

침대 옆에는 병문안 선물로 들어왔을 과자 상자며 훌륭한 과일바구니 들이 마치 장식품처럼 장식되어 있었다. 나는 그것들을 곁눈질하며 변명처럼 말했다.

"선물다운 걸 사오려다가 식사 제한이 있을지도 모르겠다 싶어서……."

엄마가 훌륭한 과일 바구니 옆에 놓인 오동나무 상자에서 조심스레 멜론을 꺼내 잘라주었다. 잘 익은 멜론은 깜짝 놀랄 만큼 달콤했다. 엄마는 세 번이나 할아버지에게 "멜론은 안 드세요?"라고 물었지만, 할아버지는 "멜론은 됐어"라면서 내가 사 온 사과를 아작아작 먹었다.

잠시 뒤 내가 손목시계를 흘끔 보자 할아버지가 "내일도 일찍 가니?"라고 물었다. 내가 "응, 뭐 그렇지……" 하고 애매하게 대답하자 할아버지는 침대에 천천히 누웠다. 그러더니 엄마를 보고 말했다.

"남은 멜론은 슈지 싸줘. 나는 안 먹으니까."

결국 할아버지는 오동나무 상자 속 고급스러운 멜론을 한 입도 먹지 않았고, 남은 것은 내 선물이 되었다.

"잠깐만. 지금 버스 시간표를 받아다 줄게."

나는 일어나려는 엄마를 허둥지둥 말렸다.

"됐어. 역까지는 택시로 돌아갈 테니까."

"어머나, 옛날에는 아깝다면서 타지 않더니만. 이제 돈을 번다 이거지."

엄마의 농담에 지금은 솔직히 웃을 기분이 아니었다. 나는 "하하" 하고 메마른 웃음을 짓고는 "그건 그렇고 이 멜론 맛있네" 하고 시선을 피했다.

돌아가려고 가방을 든 타이밍에 병실에 간호사가 들어왔다. 엄마에게 보험에 관해 묻자 엄마는 그대로 간호사와 함께 병실을 나갔다.

그럼 이제 돌아간다는 인사라도 할까, 하고 할아버지를 돌아보았을 때였다.

"아무런 재미도 없는 인생이었어."

너무나도 갑작스러운 말에 잘못 들었나 싶어 "응?" 하고 되물었다.

그러나 할아버지는 더 이상 그 이야기는 하지 않았다.

"옛날에 같이 매미를 잡으러 갔었지. 기억나니?"

"아아…… 그냥저냥……."

솔직히 말하면 매미를 잡은 것 따위 손톱만큼도 기억나지 않았다.

할아버지는 나를 흘끔 보고 잠시 입을 다물더니 다시 천천히 말했다.

"지금도…… 매미를 만질 수 있니?"

"아니, 지금은 무리일 것 같은데."

"옛날에는 맨손으로 잡았지. 이러얗게, 날개를 잘 붙들었어."

할아버지는 링거 주사의 튜브가 연결된 오른손을 들어 사발 모양으로 손을 오므린 뒤 엄지와 가운뎃손가락으로 살그머니 뭔가를 붙잡는 듯한 동작을 했다.

그 동작을 보고 아주 잠깐이지만 오래 전 기억이 떠올랐다.

'이러얗게, 이렇게. 잘 잡아야 해. 꽉 잡으면 날개가 찢어진단다.'

머릿속에 울리는 목소리가 아득하게 느껴졌다.

결국 이삼 일 치 갈아입을 옷을 준비했지만 하룻밤도 지내지 않고 돌아가게 되었다.

자고 가겠다는 말을 꺼내기 전에 엄마가 "바쁜데 미안해. 와줘서 고맙다. 내일도 회사 가야 하지?"라는 말을 한 탓이다. 그러고 보니 오늘은 일요일이다. 엄마가 그렇게 생각하는 것도 당연하다.

덧붙이자면 엄마가 생각하는 회사에 내 자리는 이미 없다.

나는 "아아, 응" 하고 애매하게 대답을 하고 그대로 집으로 돌아왔다.

오랜만의 아침조였던 편의점 아르바이트를 마치고, 그대로 역으로 갔다. 지난번에 산 형광등은 전력이 맞지 않았다. 하는 수 없이 한동안 부엌 형광등 없이 생활했지만, 가뜩이나 좁고 어둑한 방에 불빛마저 하나 줄자 기분까지 어둡게 가라앉고 말았다.

형광등 하나를 사기 위해 몇 번이고 전철을 타야 하다니, 정말이지 귀찮은 일이다.

역 개찰구를 나와 또다시 그 교차로에 이르렀다.

그러자 어딘가에서 매앰맴맴 하고 매미 울음소리가 들렸다.

'이러엏게, 이렇게 말이지…….'

사발 모양으로 모아 살그머니 움직이는, 주삿바늘이 꽂혀 있는 할아버지의 주름진 손등이 머릿속에 떠올랐다.

나는 무심히 소리가 들린 곳을 찾았다.

이글이글 열기를 내뿜는 아스팔트 위, 억지로 심어놓은 것처럼 똑같은 간격으로 늘어선 나무. 이 콘크리트 밑에 흙이라고는 도무지 남아 있을 것 같지 않은데, 어디에서 양분을 끌어 오는지 신기할 정도로 푸르른 잎이 무성했다.

생명력 넘치는 녹음 속에서 범인을 발견했다.

매앰맴맴 하고 필사적으로 외치는데, 그 목소리를 신경 쓰는 사람은 나 말고는 없는 것 같았다.

'칠 년 동안 흙 속에서 지내고 겨우 일주일의 삶을 산다'는 매미의 심정은 어떠할까.

감동으로 꼼짝 못 하고 있을까, 그 정도는 아니구나 하고 달관하고 있을까. 아니면 빨리 흙으로 돌아가길 바라고 있을까.

'아무런 재미도 없는 인생이었어.'

90년이라는 엄청난 세월을 거쳐온 할아버지는 무슨 생각을 하며 그렇게 말했을까.

나는 할아버지의 나이가 되었을 때, 병원 침대 위에서 주삿바늘을 꽂은 채 대체 어떠한 생각을 할까.

신호가 바뀌자마자 인파가 밀어닥쳤는데, 그 파도에 미처 올라타지 못한 나는 뒤에 있던 사람에게 "칫" 하고 혀를 차는 소리와 함께 어깨를 떠밀렸다.

오늘 아침에 꾼 꿈이 머릿속을 스쳐 놀라서 돌아보았지만 그는 금발이 아니라 검은 머리의 평범한 회사원이었다.

거리의 커다란 전광판에서는 "극장판 『톤 앤 톤』의 매력은……"이라고 말하는 목소리가 들렸다.

마치 그날의 재현 같다.

나는 밀어닥치는 사람들에게 떠밀리지 않도록 버티며 전광판을 쳐다보았다.

'그'가 월간지의 작은 공간에 싣던 '가난 에피소드'를 떠올렸다. 나는 그 작은 공간에 실린 에피소드들이 정말 좋았다.

그러나 이제는 인기 작가가 되어버렸으니 그의 가난 에피소드는 두 번 다시 읽을 수 없을지도 모른다.

요새는 그 작은 공간에 여러 가지 광고가 실린다.

그토록 바란 그의 성공이다.

"잘된 일이잖아."

걸으려고 하자 마침 빨간 신호로 바뀌는 참이었다.

나는 그 자리에 멈춰 선 채 그의 어색한 미소를 응시했다.

오늘도 익숙한 음악과 함께 자동문이 열리고 "안녕하세요!" 하는 다급한 목소리의 주인공이 내 앞을 스쳐갔다.

드디어 왔나.

평소처럼 달려가는 다쿠를 곁눈질로 지켜보며 나는 한숨을 쉬었다.

5분 뒤, 다쿠는 누구나 알 만한 특징 있는 줄무늬 유니폼을 입고 큼직한 앞 단추를 잠그면서 나왔다.

"어이, 벌써 오 분이 지났어."

계산대의 '담당자 코드'를 다쿠의 것으로 바꾸면서 말하자 그는 주눅 드는 낌새도 없이 "타임카드로는 세이프였어요"라고 말하고는 생글생글 웃으면서 계산대 안으로 들어왔다. 아무래도 조금 더 빨리 올 마음은 손톱만큼도 없는 듯했다.

"적당히 하지 않으면 점장님한테 혼난다."

"괜찮아요. 지각은 안 했으니까."

"작정하고 했잖아."

내 말 따위 들리지 않는 척하며 다쿠는 양손을 허리에 대고 의욕이라고는 눈곱만큼도 없어보이는 얼굴로 고개를 좌우로 꺾어 우득우득 소리를 냈다.

"코드 바꿔뒀어."

"땡큐요. 그냥 안 바꿔도 돼요. 귀찮은데."

"왜. 제대로 바꿔야지."

'네 실수까지 내 탓이 되어버리잖아'라는 말이 나오려는 걸 겨우 삼켰다. 나도 할 수만 있다면 영수증에 내 이름을 넣고 싶지 않다. 같은 계열 편의점이라도 직영점에서는 개인정보 문제 때문에 폐지하는 추세지만, 역시 문제가 생겼을 때 책임 추궁을 위해서는 이름을 넣어야 한다는 것이 우리 점장의 판단이다. 프랜차이즈는 점장의 말이 곧 규정이다. 일개 아르바이트생이 거기에 의견을 낼 수는 없었다.

"슈지 형은 정말로 성실하네요."

칭찬하는 건지, 깔보는 건지. 처음에는 일일이 신경 쓰며 울컥했지만 요새는 그런 일로 신경을 소모하는 게 너무 바보 같은 일처럼 여겨졌다. 이 녀석은 생각을 그대로 말할 뿐이니 결코 악의는 없다.

"아, 맞다. 라커룸에 선물 뒀으니까 먹어. 요전에 가져오는 걸 깜빡했어."

"그러고보니 할아버지, 어떠셨어요?"

다쿠는 여전히 의욕이 없는 듯한 목소리로 물었다.

"생각보다 건강하셨어."

"그거 다행이네요."

"시간표 바꿔줘서 고마워."

"아뇨, 도리어 더 바꿔도 될 정도예요. 나, 진짜로 돈이 바닥났어요."

나는 한심한 소리를 하는 다쿠를 거들떠보지도 않고 쌀쌀맞게 말했다.

"왜 그렇게 돈을 쓰는데? 부모님이랑 살지?"

"학생에게는 학생의 교우 관계가 있다고요."

"나도 그랬던가. 너무 옛날이라 까먹었네. 그럼 수고해."

"예압."

나는 바쁘게 라커룸으로 들어갔다.

양팔을 펼치면 손끝이 양쪽 벽에 닿을 정도로 좁고 지저분한 공간이었다. 벽에 팔을 부딪히지 않으려 조심하며 사복 위에 걸쳐입었던 유니폼을 벗었다. 유니폼을 옷걸이에 걸고 탈취 스프레이를 뿌리자 병에서 픽픽 바람 빠지는 소리가 났다.

"재수도 없지."

하는 수 없이 유니폼을 코끝에 대고 킁킁 냄새를 맡아보았다. 여름에는 금세 땀 냄새가 나는데, 아직 그럭저럭 괜찮은 것 같다.

물건으로 어지러운 책상 위에 힘겹게 근무일지를 펼쳐 '탈취 스프레이 떨어졌습니다. 보충해주십시오'라고 정성껏 적었다. 아르바이트생 마음대로 판매 상품을 가져다 쓸 수는 없다. 점장은 이 사항을 언제 알아챌까. 다쿠라면 망설임 없이 메모 따위 적지 않고 퇴근하겠지. 노트를 팔락팔락 뒤적이니 척 봐도 내 글씨체로만 적혀 있었다. 다른 사람들은 아무 관심도 없는데 근무일지를 쓰는 게 과연 의미가 있을까.

아마도 다쿠라면 '보는지 안 보는지도 모르는데. 만났을 때 직접 말하면 되잖아요' 같은 소리를 하겠지. 아니, 그런 말도 할 것 없이 마음대로 새 탈취 스프레이를 가져다 써버릴지도 모른다.

'이 정도는 그냥 가져다 써도 되잖아요. 슈지 형은 정말로…….'

멋대로 다쿠의 말을 상상해 버리고는 그 말을 떨치기 위해 고개를 절레절레 저으며 노트를 제자리에 꽂아놓았다.

라커룸에서 도시락 코너로 직행한 뒤 돈가스 덮밥과 콜라를 들고 계산대로 갔다. 다쿠가 도시락의 바코드를 찍더니 말없이 전자레인지에 집어넣었다. 그사이에 나는 콜라를 가방에 넣고 계산대 옆에 둔 무가지로 손을 뻗었다.

구인지를 읽는 것은 이제 일과가 되었다. 이게 몇 권째인지 기억도 나지 않는다.

내 저녁 식사를 비닐봉지에 담으며 다쿠가 말을 걸었다.

"슈지 형, 그런 것보다 일당 괜찮은 아르바이트는 관심 없어요?"

"응?"

또 이상한 소리를 하는군. 나는 신경도 쓰지 않고 구인지를 펼쳤다.

"내 생각인데 말이에요. 이 세상 성실하게 일해도 손해만 보잖아요. 잘될 놈은 어떻게 해도 잘 벌게 돼 있죠. 그러니까 말이죠, 나도 돈벌이 되는 일을 해보려고 하는데요."

"흐응."

나는 구인지에 시선을 고정시킨 채 적당히 맞장구를 쳤다.

"나 대신 한탕 할래요?"

"응?"

시선을 들자 "여기, 여기. 이거 봐주세요"라며 다쿠가 내 눈앞에 인터넷 페이지를 인쇄한 듯한 종이를 쑥 내밀었다.

'당신도 히어로가 될 수 있다!'는 커다란 글자가 눈에 들어왔다. 그것을 보며 나는 노골적으로 한숨을 쉬었다.

"너 말이야…… 이렇게 대충 봐도 수상한 일을 누가 한다는 거야."

"아니, 일단 아는 사람이 일하고 있다고요. 그런데 지금 일손이 부족하대요. 나는 학생이잖아요. 일주일만이라도 해달라고 부탁을 받았는데 동아리도 바쁘고 하루 종일 시간을 낼 수가 없어요."

다쿠는 아쉽다는 표정으로 말했다.

"무슨 동아리였지?"

"음주 동아리요."

"……바빠?"

흥미를 잃은 내 목소리에 다쿠는 정색하고 대답했다.

"엄청나게 바쁘다고요! 여름에는 페스티벌도 많고, 캠프에 바비큐에 파티도 하잖아요? 그리고 매년 그래왔듯 바다로 MT를……."

"아, 아, 알았어."

나는 다쿠의 이야기를 가로막고 "그럼 내 근무 시간은 어쩔 거야"라고 물었다. 다쿠는 씩 웃었다.

"슈지 형, 이번 주에 사흘밖에 근무 없죠? 일단 내가 대신할 거고, 나 말고도 하고 싶다는 놈도 있어요."

다쿠가 이렇게까지 말하다니, 상대방도 상당히 곤란한 상태인 모양이다.

나는 잠시 고민하고 나서 "알겠어"라고 승낙했다.

"아무튼 이 수상쩍은 일을 도우면 되는 거지?"

어쩔 수 없다. 다쿠에게는 지난번 빚도 있다.

"무슨 일을 하는 건데?"

"그건, 음……. 아르바이트 가는 날까지 기대하시라!"

다쿠는 뻔뻔한 미소를 지었다.

"너, 내용은 모르는 거지."

나는 승낙한 것을 벌써 후회하기 시작했다.

"걱정하지 마세요! 수상한 아르바이트는 아니니까요. 아주 건전한, 음, 사람을 돕는……? 것 같은 일인…… 듯하다는 소문이니까, 어쨌든."

나는 무책임한 다쿠의 웃는 낯을 노려보았다.

"……정말로 괜찮은 거겠지……. 아무리 그래도 전과가 생기는 일은 싫다."

"그런 거 안 생겨요! 진짜로! 나를 믿어주세요오."

너니까 믿음이 안 생기는 거야.

"무서운 사람이 나오지는 않겠지."

"다들 엄청 상냥해요. 진짜로 '인류는 모두 형제' 그런 분위기라…… 어서 오세요. 앗, 할머니! 오랜만이네요."

이웃의 큰 집에 사는 단골 할머니가 들어오는 것을 보더니 다쿠는 마침 잘됐다는 듯 미소를 지었다. 나는 할머니께 가볍게 인사하고 자리를 옮겼다.

다쿠는 이 할머니와 사이가 좋다. 다쿠와 허물없이 대화하는 손님들은 꽤 많았다. 오히려 손님 쪽에서 다쿠에게 적극적으로 말을 걸기도 한다.

“영국에 사는 딸을 만나러 잠깐 다녀왔지.”

오늘도 할머니는 들뜬 목소리로 다쿠에게 말했다.

“오오, 뭐야! 부티 나네요. 요새 날씨가 완전 푹푹 쪄서 집에서 쓰러지신 건 아닌가 걱정했다고요.”

“아직 쓰러질 나이는 아니야. 여전히 입만 살았구먼.”

나는 할머니의 웃음소리를 뒤로하고 편의점을 나왔다.

집으로 돌아가는 길에 휴대전화를 꺼내 들었다.

조금 전 다쿠에게 소개 받은 근무처를 조사해보려고 검색창에 ‘히어로즈(주)’라고 적어넣었다. 정말이지 웃기는 회사 이름이다.

“아, 찾았다, 찾았어. 일단 존재하기는 하는군.”

공식 홈페이지에는 정말로 아르바이트 모집 글이 있었는데, 직종란에는 짧게 ‘히어로 제작’이라고만 적혀 있었다.

“이게 뭐야.”

상세 설명을 클릭하자 ‘히어로 제작을 돕는 간단한 일입니다’라고 적혀 있고, 방문객용 설명에는 ‘히어로가 되고 싶은 분 도와드립니다’라고만 되어 있었다.

“장난하나…….”

집에 도착해 현관문을 열자 사우나처럼 후끈후끈한 열기가 덮쳐왔다.

그 열기에 눈살을 찌푸리면서 에어컨을 켜고 가방에서 아까 산 콜라를 꺼냈다. 미지근해진 콜라를 단숨에 목으로 흘려넣고 바닥에 앉아 다시 휴대전화 화면과 마주했다.

검색창을 띄우고 '히어로 제작 업무'라고 검색해보았다. 그러자 몇 가지 정보가 화면에 쫙 표시되었다.

"인형탈, 코스튬 플레이, 히어로 마스크…… 엑스트라 모집…… 그렇군……."

요컨대 인형탈을 쓰거나 아이들이 좋아하는 전대 히어로물 촬영의 보조 작업을 하는 거겠지. 마스크를 만든다거나, 엑스트라를 한다든가……. 시급이 좋다고 했으니, 어쩌면 인형탈을 써야 하는 일인지도 모르겠군.

"이 무더위에 인형탈이라니……."

그래서 일손이 부족한 건가. 여름방학이면 이벤트도 많을 테니…….

다행히 체력에는 그럭저럭 자신감이 있었고, 어차피 다쿠에게 빚도 갚아야 하니까…… 일단 해볼까.

때마침 다쿠에게서 메시지가 도착했다. 내일 갈 장소의 지도가 첨부되어 있었다.

당일은 얄미울 정도로 날씨가 좋았다.

"여기가…… 사무실?"

나는 구름 한 점 없는 새파란 하늘 아래, 쨍쨍 내리쬐는 햇볕을 받으며 멍하니 서 있었다.

다쿠가 보낸 지도를 따라 찾아왔지만, 무슨 착오가 있었기를 바랄 수밖에 없는 광경이 눈앞에 펼쳐졌다.

지도상 정보에 의하면 눈앞의, 콘크리트 외벽에 기다란 금이 몇 줄이나 가 있고 당장에라도 무너질 듯 낡아빠진 저 회색 건물의 최상층인 7층에 사무실이 있다.

"정말로 괜찮은 걸까……."

머뭇거리며 어둑한 건물 안쪽으로 발을 디뎠다. 천장에 매달린 알전구는 수명이 다해 깜빡거리고, 한 발 내디딜 때마다 먼지가 풀풀 날려 신발에 엉겨 붙었다.

입구에서 바로 왼쪽에는 계단만 있고, 그 안쪽은 벽이었다. 엘리베이터 같은 것은 보이지 않는다.

"후아……."

하는 수 없이 낡고 녹슬어 불안하기 짝이 없는 난간에 의지하여 한 계단씩 천천히 밟아 올라갔다.

5층까지 올라갔을 땐 이미 땀에 흠뻑 젖어 있었다.

"한여름에 계단……. 한여름의 괴담……이 아니라 계단……."

불안과 더위와 피로로 영문 모를 소리를 하면서 간신히 무거운 다리를 들어올렸다. 양복을 입고 이런 계단을 오르기란 정말로 고된 일이다.

"냉방도 안 되냐고……."

숨을 헐떡이면서 필사적으로 마지막 계단 하나를 밟았다.

한동안 무릎에 손을 짚고 흐트러진 호흡을 진정시켰다. 땀이 줄줄 흐르다 못해 바닥에 떨어져 얼룩 몇 개를 만들었다.

고개를 들자 낡은 콘크리트 건물과 어울리지 않는 중후한 나뭇결무늬의 문이 눈에 들어왔다. 무척 훌륭한 문으로, 문 안쪽 공간은 이 낡고 더러운 건물과 전혀 다른 공간일 것 같은 분위기를 풍겼다.

문에는 작은 간판이 걸려 있었다. 문과 똑같은 나뭇결무늬의 간판에는 틀림없이 '히어로즈(주)'라고 되어 있었다.

"여기다……."

손목시계를 보자 시각은 열두 시가 되기 10분 전.

"좋아, 완벽해."

나는 크게 심호흡하며 숨을 가다듬었다.

가만히 있어도 사우나 안에 있는 것처럼 이마에서 땀이 흘렀다. 허둥지둥 가방에서 손수건을 꺼내 이마 위주로 땀을 꼼꼼하게 닦았다.

양복 옷깃을 여미고 넥타이를 정돈하고 다시 한 번 손목시계를 본다.

열두 시 5분 전. 좋아, 이제 됐겠지.

크게 한 번 심호흡하고 중후한 문을 똑똑똑 세 번 노크했다.

그대로 차려 자세로 잠시 기다린다.

그러나 안쪽에서 사람이 다가오는 기척은 없다.

다시 한 번, 똑똑똑 하고 조금 세게 노크했다.

문에 슬쩍 귀를 대보았지만 역시 안에서는 아무런 소리가 들리지 않는다.

나는 마음을 굳히고 문에 손을 댔다.

힘껏 밀자 보기보다 무거운 문이 살짝 움직였다.

"실례합니다."

아랫배부터 힘주어 말하며 좀더 세게 문을 밀었다.

문은 끼이익 소리를 내며 열렸다.

사무실 안은 어둑했는데, 블라인드 틈으로 새어 들어오는 햇빛 몇 줄기가 바닥에 그어놓은 직선만이 밝게 빛났다.

"다나카 슈지 군?"

사무실 가장 안쪽에서 목소리가 들렸다.

어둑한 사무실, 커다란 창문 앞에 위풍당당하게 서 있는 사람의 말소리였다. 창문으로 들어오는 빛이 그의 등 뒤에서 퍼져 마치 후광이 있는 것처럼 보였다. 아니, 정확하게는 역광이라 얼굴은 전혀 보이지 않았다.

나는 조금 긴장하면서 크고 다부진 검정색 실루엣을 향해 대답했다.

"네. 사사키 다쿠 씨에게 소개받고 온 다나카 슈지입니다."

"어서 오게, 이쪽으로 오지."

이 사무실의 어둑함에 눈이 익었는지 그가 손을 앞으로 내민 것을 알 수 있었다.

"네" 하고 대답하고 그에게 다가갔다.

다가가면서 그가 생각보다 훨씬 커다란 체격의 소유자라는 사실을 알았다. 실루엣이라 크게 보였던 게 아니다. 키는 그만그만하지만, 너비가 넓다.

앤티크풍의 훌륭한 목제 책상을 사이에 두고 그와 마주했다.

"다나카 슈지."

그는 다시 한 번 확인하듯 내 이름을 불렀다.

나는 다시 똑 부러지게 "네" 하고 대답했다.

"어디에나 있을 법한 이름이군."

갑자기 뭐야.

나도 모르게 눈썹이 움찔할 뻔했지만 감정을 억누르고 "자주 듣습니다"라고 대답했다.

그는 대답에 만족했는지 씩 웃었다.

이쯤 되자 눈이 완전히 익숙해져서 그의 표정도 잘 보였다.

"자, 앉지."

나는 "네" 하고 대답한 뒤 의자에 앉아 등을 곧게 폈다.

"다나카 슈지……."

어지간히 내 이름이 마음에 들지 않는 것일까. 이 사무실에 들어와 아직 5분도 지나지 않은 것 같은데, 그는 내 이름을 벌써 세 번째 불렀다.

"흔한 이름은 나쁘지 않아. 특히 지금 자네에게는."

나는 당황하면서도 "……네" 하고 대답했다.

"특이한 이름이면 인상에 남아버리잖아?"

"그렇죠……."

대체 무슨 이야기지.

"하지만 '다나카 슈지'라면 누구의 인상에도 남지 않을 거야."

"그러…… 네요……."

도무지 의도를 파악할 수 없다.

"얼굴도 인상에 남지 않을 것 같고. 좋아."

"네……."

나를 놀리는 걸까. 아니면 이것도 일종의 압박 면접일까.

"업무 내용은 들었나?"

나는 솔직하게 "아뇨, 전혀 못 들었습니다"라고 대답했다.

"그래? 어째서?"

그는 의아한 표정을 지었다.

"묻기는 했지만……. 사사키 씨가 자세한 내용은 가르쳐주지 않았습니다."

"그런데 용케 올 마음이 생겼나보군. 돈이 궁했나?"

정곡을 찔려서 나는 순간 어찌할 바를 몰랐다.

"……그렇습니다. 솔직하게 대답하죠. 되도록 돈을 벌고 싶습니다."

"어째서?"

어째서라니……. 돈을 벌고 싶은데 특별한 이유 따위 있을쏘냐. 벌 수 있다면 누구든 당연히 벌고 싶을 것이다. 아니면 병든 형제를 위해…… 같은 기특한 대답을 기대하는 것일까.

나는 잠시 생각한 끝에 차라리 뻔뻔하기로 했다.

"……살기 위해서입니다. 사사키 씨에게 들으셨는지 모르겠지만, 지금 저는 편의점에서 아르바이트를 하며 생계를 유지하고 있습니다. 낮에는 시급 구백오십 엔. 야간은 시급 천백삼십 엔입니다. 집세와 가스비, 전기세, 그 밖의 경비를 내면 수중에는 쥐꼬리만큼의 돈밖에 남지 않습니다. 여름방학에는 특히 아르바이트 구직자가 늘고 더 길게 일하고 싶어하기 때문에 상대적으로 근무 일수가 줄어듭니다. 그래서 사사키 씨에게 이 일을 소개받았습니다. 어떤 일이든, 아무튼 돈벌이가 된다면 좋겠다 싶어 오늘 이 회사를 찾아오게 되었습니다."

반쯤은 자포자기였다. 될 대로 되라는 심정이었다.

그러나 다음 순간, 그는 입을 크게 벌리고 웃었다.

"하하하하하. 상당히 재미있군. 그래. 맞아. 일이란 대가를 얻기 위해 하는 행위지. 어째서인지 다들 그 말을 하고 싶어하지 않지만, 아주 올바른 대답이야."

그는 한바탕 웃은 뒤에 크게 숨을 들이쉬며 호흡을 정돈했다.

"그럼, 다나카 슈지 군."

"네."

네 번째다.

"어떤 일이든 하겠다고 했지."

나는 침을 꿀꺽 삼켰다.

"네……."

대답하는데 목소리가 희미하게 갈라졌다.

"그럼 일은 몸으로 배우게. 이봐, 미치노베."

"네, 사장님."

갑자기 뒤에서 목소리가 들려 돌아보니, 초로라고 봐도 될 법한 남성이 소리도 없이 서 있었다.

머리는 실버그레이 올백에, 고상한 이미지의 안경을 쓰고, 박력 있으면서도 세련된 양복을 입었는데, 전반적으로 외국 영화배우가 자아낼 듯한 멋스러운 분위기를 풍겼다.

그의 풍모를 보고 나는 조금 안심했다. 그는 대저택에서 일하는 집사장으로 보이지, 결코 폭력배의 하수인으로는 보이지 않았다.

'집사장'은 발소리도 내지 않고 내 곁까지 쓱 걸어오더니 내 눈을 보고 공손하게 인사했다.

"미치노베라고 합니다."

내가 인사를 하려고 고개를 숙이자 다시 그의 목소리가 들렸다.

"다나카 슈지 씨. 바로 가시지요."

내가 아무 말도 하지 못 하고 고개를 들자 그는 부드러운 눈동자로 생긋 미소 지었다. 그의 웃는 얼굴에는 사람을 안심시키는 신비한 힘이 있었다.

"네. 잘 부탁드립니다."

나도 모르는 사이 내 입에서 대답이 흘러나왔다.

• **수라** ①'아수라'의 약자.

—장【—場】 격렬한 전투나 전장 장면.

• **아수라** 인도의 신 중 하나. 신들과 전투했다고 한다.

"우아아아아아아아아——————!"

고급 호텔의 최상층으로 올라와 어느 방 앞에 선 순간, 안에서 비명 소리가 들렸다.

단숨에 몸이 굳었다.

'어떤 일이든 하겠다고 했지.'

사장의 목소리가 머릿속에서 되살아나 양팔에 닭살이 쫙 돋았다.

의식적으로 호흡을 진정시키려 했지만 등에 식은땀이 흐르는 것은 막을 수 없었다.

나는 슬쩍 미치노베 씨의 안색을 살폈다.

미치노베 씨는 당황한 기색을 전혀 보이지 않았고, 아까와 같은 점잖은 얼굴로 서 있었다.

내 시선을 깨닫고 돌아보더니 조금 전과 같이 생긋 미소 지었다.

“그럼 들어가실까요.”

그는 점잖게 말하자마자 가차없이 문고리를 잡았다.

“우오오오오오오오오오————!”

이 호텔에서는 맹수라도 기르는 건가? 짐승의 울음소리 같은 외침이 온 방에 울려 퍼졌다.

그러나 고급 호텔의 객실에는 맹수가 아니라 한 남자가 있었다.

“우와아아아아아아아아아아!”

당황스럽다.

발광하는 인간의 모습을 난생처음 목격했다.

“이 머리가! 이 머리가! 이 머리가……! 이 굳어 빠진 돌대가리가아아아아!”

남자는 커다란 베개를 양손으로 쳐들고 자신의 머리를 팡팡 때렸다.

말문이 막힌 내 옆에서 미치노베 씨가 지극히 냉정한 목소리로 말했다.

"선생님, 기분은 어떠신지요."

선생님! 이 사람이!

대체 무슨 선생님이냐고 생각하고 있는데, 그 '선생님'이란 사람이 기세 좋게 베개를 내던졌다.

그러더니 또다시 "우와아아아아아아아아아!" 하고 우렁찬 소리를 지르고는 책상 위에 있던 종이 다발을 구깃구깃 쥐었다.

"앗……."

막을 새도 없이 거의 백지로 보이는 종이가 공중으로 날아올랐다. 나는 천장에서 펄럭이며 떨어지는 하얀 종이를 망연히 바라볼 수밖에 없었다.

"미, 미치노베 씨……."

얼굴이 창백한 나를 보고 미치노베 씨는 침착하기 그지없는 모습으로 괜찮다는 듯이 미소 지으며 고개를 끄덕였다.

30분 후, 나는 바닥에 털썩 주저앉아 숨을 헐떡이고 있었다.

미치노베 씨가 "선생님이 머리를 박지 않도록 해주세요"라고 해서 나는 "이 돌대가리가!"라고 외치며 벽에 머리를 찧으려 하는 '선생님'이라 불리는 남자를 뒤에서 꽉 붙들고 "진정하세요!"라고 계속해서 소리쳤다.

목은 칼칼하고, 손은 여전히 파들파들 떨린다.

'선생님'은 나와 마찬가지로 멍한 상태로 바닥에 주저앉아 있었다.

"도조 선생님, 새로 들어온 아르바이트 다나카 슈지 군입니다. 앞으로 얼굴을 익혀두십시오."

미치노베 씨가 아무 일도 없었던 것처럼 나를 선생님께 소개했다.

"다……나카…… 슈지입니다……. 잘 부탁드립니다……."

도조 선생님이라 불린 사람이 천천히 고개를 들었다.

"잘 부탁해요."

진지한 얼굴이었던 선생님이 빙긋 웃었다. 순간 섬뜩한 기분에 다시 양팔에 닭살이 돋았다.

그리고 흠칫 놀랐다.

조금 전에 미치노베 씨가 뭐라고 했지? 이 사람을 뭐라고 불렀지?

도조 선생님……?

설마……!

나는 눈을 동그랗게 뜨고 미치노베 씨를 홱 돌아보았다.

미치노베 씨는 고개를 살짝 갸웃하고 "왜 그러십니까?"라고 물었다.

"저…… 도조 선생님이라면……. 저기…… 설마, 그……."

그렇다, 내 눈앞에 있는 사람은 시내의 전광판에 비치는 것과 전혀 다른 사람처럼 보이는 『톤 앤 톤』의 원작자, 만화가 도조 하야토였다.

"도조 선생님……?"

이 사람이……?

머리가 덥수룩하고 꾀죄죄한 옷을 입고 기분 나쁜 미소를 짓는 이 남자가 그 도조 하야토…….

"네. 도조 하야토 선생님입니다."

미치노베 씨는 아무 일도 없었던 것처럼 생긋 미소 지었다.

"놀라셨지요? 이게 도조 선생님 나름의 스트레스 발산법이에요."

돌아가는 길에 둘이서 나란히 걸으면서 미치노베 씨가 설명해주었다.

놀란 정도가 아닙니다. 나는 그 말을 간신히 삼켰다.

"도중에 재킷을 잘 벗었습니다. 역시 젊으니까 동작이 재빠르군요."

"필사적이었으니까요……."

길 가는 정장 재킷 차림의 사람에게 '딱 한 번이라도 좋으니

미쳐 날뛰는 사람을 뒤에서 꽉 붙들어 안아보라'고 하고 싶었다. 단벌옷이 찢어지는 줄 알았다.

"도조 선생님은 소재가 막히면 저렇게 자신을 해방하세요. 그 징후를 메시지로 알려주시니까 저는 선생님이 다치시지 않도록 지켜보러 갑니다. 오늘은 슈지 군이 있어주어서 무척 도움이 되었습니다."

"미치노베 씨도 매번 이렇게 선생님을 붙들고 계시나요?"

나는 미치노베 씨가 입은 비싸 보이는 정장을 위에서 아래까지 훑으며 질문했다.

"그것이 선생님의 대단한 점입니다. 상대를 보고 얼마나 날뛸지 조절하시는 겁니다. 오늘은 젊은 사람이 와서 상당히 힘을 쓰셨습니다만, 저 혼자일 때는 머리를 벽이 아니라 베개에 찧으십니다."

그러고보니 방에 들어갔을 때는 분명히 머리를 쥐어뜯고 베개에 찧고 있을 뿐이었다. 내 모습을 확인하고 나서 날뛰었다는 얘기인가.

"의외로 철두철미하군요."

"선생님은 지극히 냉정하십니다. 그저 스트레스 발산이니까요. 그렇게 하면 머리가 후련해져서 새로운 소재를 떠올리기 쉬워진다고 하십니다."

단순한 스트레스 발산이라면 뭐든 좋으니까 다른 방법을 짜냈으면 한다.

나는 마음속으로 그렇게 생각했다.

그건 그렇고 이 회사는 이번 『톤 앤 톤』 실사화에도 참여하고 있는 건가.

다 쓰러져가는 회사라고 생각했는데 뜻밖에도 업계에서 역사와 전통을 자랑하는 회사인지도 모르겠다.

"저…… 이 회사는 그러니까, 만화나 히어로물 같은 걸 취급하는 회사……인 건가요?"

내 질문에 미치노베 씨는 잠시 생각하는 모습을 보이더니 대답했다.

"만화뿐만 아니라 뭐든 다룹니다. 저희 회사가 취급하는 기준은 단 한 가지 '인간'이라는 점뿐입니다."

"인간……."

나는 의미를 묻듯이 미치노베 씨에게 눈짓했다.

"네. 제가 현재 맡은 의뢰는 '만화가 도조 하야토'라는 히어로 제작입니다."

"만화가……. 만화에 대해 조언을 한다는 뜻인가요?"

미치노베 씨는 고개를 천천히 좌우로 저었다.

"만화의 내용에 관한 협력은 프로 편집자가 합니다. 그 부분은 제가 나설 부분이 아닙니다. 제 업무는 그 밖의 서포트로 도조 선생님을 '히어로로 만드는' 일입니다."

"예를 들면……?"

"예를 들면 선생님의 머리를 자른다거나……."

"머리?"

"네. 저희에게 무척 솜씨 좋은 미용사가 있답니다."

그게 만화와 어떤 관계가 있다는 건지 여전히 모르겠다.

"히어로즈에요?"

"네. 정말 다방면으로 전문 지식과 기술을 가진 사람들이 있습니다."

"예에……."

나는 고개를 갸웃하면서 맞장구를 쳤다.

"그리고 이번처럼 스트레스를 발산하는 모습을 지켜본다거나……."

"예에……."

"나머지는 기업 비밀이라고 할까요. 슈지 군도 조금씩 아시게 될 겁니다."

"그렇군요……."

좀처럼 납득하지 못한 나를 향해 미치노베 씨는 생긋 미소 지었다.

"업무란 그런 것이지요."

그런 것이 무엇인가.

나는 이해는 잘 안 되지만 나름대로 솔직한 의견을 미치노베 씨에게 던져보기로 했다.

"좀 이상하네요."

"뭐가 말입니까?"

"실제로 만화를 그려서 히어로를 만드는 것은 도조 선생님인 것 같은데요. 하지만 저희 일도 히어로 제작인 거죠?"

미치노베 씨는 계속 미소 지으며 고개를 살짝 끄덕였다.

"맞습니다. 물론, 도조 선생님도 많은 히어로를 만들고 계시지요. 선생님은 만화로 영웅을 그려냅니다. 저희의 업무는 표면에서 싸우는 도조 선생님을 히어로로 만들어내는 것입니다."

"그렇군요……."

알 듯 말 듯 아리송하다. 정말이지 미묘한 기분이다.

역 앞까지 오자 미치노베 씨는 걸음을 딱 멈추었다.

"오늘은 이쯤에서 해산하지요."

"네? 벌써요?"

"네. 덕분에 선생님도 무사히 스트레스를 푸셨고, 슈지 군도 아침부터 이것저것 마음 쓰느라 무척 피곤하시겠지요. 오늘은 푹 쉬십시오. 내일 일정은 어떠십니까?"

"내일은…… 특별한 일 없는데요……."

"그렇다면 또 같은 시간에 출근하세요. 복장은 자유입니다. 아무쪼록 앞으로도 잘 부탁드리겠습니다."

미치노베 씨는 정중히 고개를 숙였다. 나도 허둥지둥 고개를 숙였다. 입에서는 자연스레 "저야말로 잘 부탁드립니다"라는 말이 나왔다.

집으로 돌아오자 아직 초저녁이었다.

돌아오는 길에 도시락집에서 산 390엔짜리 김 덮밥을 작은 테이블 위에 내려놓고, 정장을 벗어 옷걸이에 걸어두고 편한 실내복으로 갈아입은 뒤 바닥에 앉았다.

"히어로즈라……."

정말로 기묘한 회사였다.

아무튼 오늘은 놀랐지만 내일도 도조 선생님의 스트레스 발산에 함께하게 될까 궁금해졌다. 복장은 자유롭게 입으라고 했으니 아마 그럴 것이다.

"티셔츠라도 괜찮을까……. 아니, 아무리 그래도 티셔츠는 너무 편하게 보이나."

'복장은 자유'라는 말은 몹시 자유롭지 않은 말이다.

일반적인 기업에서는 아무리 편한 차림이라도 티셔츠에 청바지를 입는 것은 금물이다. 히어로즈라는 회사에서는 대체 어느 정도의 '자유'가 허락되는 것일까.

"미치노베 씨에게 물어볼까……."

나는 돌아오는 길에 미치노베 씨에게 건네받은 명함을 지갑에서 꺼냈다.

명함에는 '미치노베'라는 성과 전화번호가 적혀 있었다. 성밖에 적혀 있지 않은 게 이상하다고 생각하면서도 휴대전화를 잡았다. 역시 이 회사는 조금 특이한지도 모르겠다.

전화번호를 중간까지 누르다 생각을 바꿔 번호를 지웠다.

"이런 질문을 하면 상식 없는 녀석이라고 생각할까……."

명함을 한참 바라보고 나서 다시 지갑에 넣었다.

이튿날 아침, 메시지 알림 소리에 깜짝 놀라 눈을 떴다.

"우왁! 몇 시지?!"

늦잠을 잤나 싶어 말 그대로 벌떡 일어났지만 아직 여덟 시가 되기 전이었다.

휴우 하고 가슴을 쓸어내리고 낮에 출근해도 된다니 편하구나, 생각하며 메시지를 열었다. 보낸 사람은 미치노베 씨였다.

'오늘은 사무실에 들르지 말고 어제 그 호텔로 바로 가주세요. 정오에 로비에서 미야비라는 남자가 기다리고 있을 겁니다. 미야비와 합류 후 도조 선생님 방으로 찾아가주십시오.'

"미야비라는 남자라…… 특징 같은 건 없나……."

나는 '알겠습니다'라고 답을 보내고 땀에 절은 채 욕실로 뛰어들어갔다.

바깥으로 나오자 하늘은 당장에라도 비가 쏟아질 것처럼 흐렸다. 직사광선이 없는 만큼 더위는 좀 누그러졌겠다 생각한 순간, 덥고 습한 공기가 온몸에 끈적하게 들러붙어 엄청 짜증나는 날씨로 바뀌었다.

복장은 고민한 끝에 긴바지에 반팔 셔츠를 입고 얇은 재킷를 챙겨 손에 들었다. 정장과 큰 차이 없는 듯한 차림으로 적당히 타협했다. 사장도 미치노베 씨도 정장이었고, 아무리 자유로운 복장이라지만 너무 흐트러지지 않는 편이 좋을 것 같다.

약속한 시간 10분 전에 호텔 로비에 도착했다.

우선 손에 들고 온 재킷을 걸치고 차려 자세로 주변을 둘러보며 '미야비'라는 사람을 기다렸다. 정장 차림 남성이 다가올 때마다 '이 사람인가, 저 사람인가' 하고 시선을 보냈지만 다들 나를 지나쳐 호텔 안쪽의 런치 뷔페가 유명한 레스토랑으로 들어갔다.

호텔 벽시계는 정확히 정오를 가리키려는 참이었다.

"이상하네."

혹시 무슨 연락이 왔을지도 모른다 생각하며 휴대전화를 들여다보던 때였다.

고개를 숙인 내 시야에 새카만 가죽바지를 입은 다리가 불쑥 들어와 멈추었다. 다리와 옷 사이에 빈틈 하나 없이 꽉 달라붙을 정도로 통이 좁은 바지. 그 끝에는 뾰족한 가죽 부츠.

그 가죽 부츠 끝이 탁탁탁 리듬감 있게 바닥을 두드렸다.

대체 뭘까 싶어 고개를 들자, 밝은 갈색 머리의 호스트처럼 보이는 남자가 얼굴을 들이밀 듯 나를 바라보고 있었다.

대낮부터 왜 호스트와 시비가 붙어야 하지.

재수가 없다 생각하며 내뺄 태세를 취하면서도 "저어, 무슨……?" 하고 작은 목소리로 물었다.

내가 묻자마자 남자는 씩 미소를 지었다.

"타나까 쓔지 씌?"

"네에?"

순간 외국어인 줄 알고 얼빠진 목소리를 내고 말았다.

"다나카, 슈지 씨죠?"

남자는 아까보다 천천히 말했다.

어떻게 내 이름을…….

미심쩍어하면서도 "네" 하고 작게 대답하자 남자는 또다시 빙긋 웃었다.

"미야빕니다."

나는 영문을 몰라 꿈쩍도 하지 못했다.

"어라? 이상하네. 미치노베 씨한테 내 얘기 못 들었어요?"

남자는 갈색 머리를 긁적였다.

그런 남자를 바라보며 충분히 머리를 굴리고 나서 간신히 목소리를 냈다.

"미야비…… 씨? 히어로즈 직원이세요……?"

미야비라는 사람은 느닷없이 허리를 구부리고 깔깔 웃었다.

사이키델릭한 디자인의 셔츠는 앞섶이 크게 벌어져 있었는데, 덕분에 가슴팍 위로 늘어진 커다란 해골 모양의 은목걸이가 깔깔 웃는 듯 흔들리는 게 보였다.

"우와아, 완전 재밌는 사람이네. 미야비 '씨'라니! 편하게 말 놓고 그냥 미야비라고 불러줘요. 다들 그렇게 부르니까."

나는 그의 모습을 망연히 바라보며 간신히 "네……" 하고 중얼거렸다.

“그런데 무슨 계열이에요?”

미야비가 깔깔 웃으면서 나에게 물었다.

“네?”

무슨 뜻이지.

“전공이랄까, 특기 분야라고 해야 하나아?”

“아, 응…… 대학에서는 문과…… 일단 중국어랑…….”

“뭐, 계속 서서 말하기도 뭣하고 일단 선생님한테 가죠. 시간 다 됐으니까.”

미야비는 자기가 물어봐놓고 내 말을 가로막듯이 말하더니 성큼성큼 걷기 시작했다. 나는 그 뒤를 서둘러 쫓았다.

미야비 가슴팍의 해골도 쾌활하게 흔들렸다.

“자, 오늘 선생님은 어떠려나아~”

맞다. 언제까지고 미야비에게 당황하고 있을 때가 아니다.

나는 서둘러 재킷을 벗고 임전 태세를 갖추고, 흥얼거리며 걷는 미야비를 따라 엘리베이터에 탔다.

“오늘 도조 선생님은 어떠셨습니까?”

미치노베 씨가 걱정됐는지, 사무실로 복귀하는 나를 마중 나왔다.

“무척 안정되셨어요. 어제랑은 완전히 다른 사람처럼 보일

정도로요.”

나는 미치노베 씨가 권한 의자에 앉아 대답했다.

“그것참.”

내 대답에 미치노베 씨는 만족스러운 듯이 고개를 끄덕였다.

“문제는 도조 선생님이 아니라…….”

“네?”

“어째서 미야비 씨의 인상착의를 알려주지 않으셨어요?”

미치노베 씨는 순간 눈을 크게 뜨더니 다시 생긋 웃는 얼굴로 돌아왔다.

“그의 모습을 미리 알려주면 슈지 군이 혼란에 빠져 안 올까봐 걱정되어서요.”

“그랬군요…….”

하기야 갈색 머리에 커다란 해골 목걸이를 하고 사이키델릭한 보라색 셔츠를 입고 앞 단추를 세 개나 풀어 헤친 수상한 남자입니다, 라는 소리를 들으면 약속 장소에 가고 싶지 않았을지도.

이 사람, 역시 책사로군. 나는 마음속에 이 웃는 얼굴을 주의하자고 새겼다.

“그건 그렇고 이렇게 간단한 일을 하고 시급을 받아도 되나요?”

정신을 차리고 미치노베 씨에게 묻자 그는 역시 생긋 미소 지으며 말했다.

"간단했나요?"

"오늘은 호텔에서 맛있는 커피를 마시고, 과자를 먹으면서 선생님과 대화를 나눴을 뿐이에요. 거의 선생님이 하시는 말씀을 듣기만 했지만요."

미치노베 씨가 타준 커피는 오늘의 세 번째 커피였다. 잔을 들고 홀짝이면서 말하자 미치노베 씨는 고개를 끄덕였다.

"참 잘하셨습니다."

"이러고서 급료를 받아도 되나……."

"즐겁게 일하고 대가를 받을 수 있다면, 그건 좋은 일입니다. 대가는 꼭 힘든 일에만 지불되는 것이 아닙니다."

그렇구나. 힘든 일만 일은 아닌가.

감탄하는 나를 보며 미치노베 씨는 온화하게 말을 이었다.

"이야기를 듣는 것도 훌륭한 일입니다. 선생님은 많은 이야기를 나눌 수 있어 아마도 마음이 편해지셨을 겁니다."

그렇게 말해주니 마음이 조금 가벼워졌다. 아르바이트지만 급료를 받는다면 조금은 도움이 되고 싶었다.

"그런데 슈지 군은 언제까지 저희를 도우실 겁니까?"

"일단 일주일만이라고 들었는데요……."

"이번 주는 미야비 군도 저도 바쁘니 무척 도움이 됩니다. 아무쪼록 잘 부탁드리겠습니다."

허리 숙여 인사하는 미치노베 씨를 따라 나도 덩달아 허리를 숙였다.

그 뒤로 날마다 도조 선생님이 계신 곳으로 출퇴근했다.

선생님이 미친 사람처럼 날뛰며 고래고래 소리를 지른 것은 첫날뿐이었다. 첫날 이후로는 맛있는 커피를 마시면서 선생님의 이야기를 들었다. 정말로 편한 업무였다.

내 복장은 결국 티셔츠에 찢어지지 않은 청바지라는 무척 단출한 차림으로 바뀌었다.

그래도 오늘은 얇은 재킷을 입고 갔다.

"오늘이 마지막 날이에요."

내 말에 도조 선생님이 조금 놀란 표정을 지었다.

"그런가. 그만두는 거야?"

"아뇨. 처음부터 일주일만 하는 아르바이트였어요. 아무래도 미야비 군이 다른 안건으로 바쁜 기간 동안 선생님 일을 맡을 핀치 히터(Pinch hitter)였던 것 같아요. 결국 마지막까지 아무런 도움도 되지 못했지만."

"그렇지 않아. 자네는 내 시시한 얘기를 늘 진지하게 들어주었지. 고마워.”

도조 선생님은 입술을 한쪽만 들어 올리는 특유의 미소를 지었다.

“아뇨. 선생님의 모든 말씀이 저한테는 무척 신선하고 흥미로웠어요.”

“겨우 일주일이었지만 이걸로 마지막이라니 좀 섭섭하네. 또 마음이 내키면 연락해.”

그렇게 말하더니 도조 선생님은 내 앞에 명함 한 장을 내밀었다.

“이거…… 받아도 되나요?”

조심스레 명함을 받고 도조 선생님을 보자 그는 다시 특유의 미소를 지었다.

“당연하지. 뒷면을 보게.”

명함 뒷면에는 직접 그린 일러스트가 곁들여 있었다.

“이거……!”

도조 선생님은 조금 쑥스러운 듯이 말했다.

“다나카 슈지 군, 자네의 캐리커처야.”

“감사합니다…….”

내가 감동해서 명함을 뚫어져라 바라보자 도조 선생님은 다시 쑥스러워하며 웃었다.

"특징 없는 얼굴이라 그리기 어려웠어."

그렇게 말하는 도조 선생님은 마치 처음 캐리커처를 그려본 열 살 아이 같은 순진한 얼굴을 하고 있었다.

마지막 날 일이 끝나고, 사장과 미치노베 씨에게 인사를 하고 집으로 돌아갔다.

돌아가자마자 도조 선생님에게 받은 명함을 꺼내 싱글벙글 웃으며 들여다보았다.

겨우 일주일간의 아르바이트…….

이상한 회사에서의 이상한 업무.

분명 마지못해 시작했었는데 가슴 안쪽에서 희미한 아쉬움이 복받쳐 올랐다.

도조 선생님이 그려준 캐리커처를 보며 '확실히 특징 없는 얼굴이군' 하고 생각하자, 다시 미소가 새어 나왔다.

나는 어쩐지 가만히 있을 수가 없어서 아르바이트를 하는 편의점으로 갔다.

익숙한 음악과 함께 자동문을 지나자, 어서 오세요…… 라는 다쿠의 의욕 없는 목소리가 들렸다.

"슈지 형이잖아요. 무슨 일이에요?"

"오늘로 소개해준 아르바이트가 끝나서. 보고는 하려고."

"일부러요? 역시 슈지 형이네."

다쿠는 싱글싱글 웃으며 말했다.

"생각보다 재미있었어. 감사 인사도 할 겸 왔지."

"그건 제가 할 말이에요. 사실은 아까 지인인 직원한테도 연락이 왔는데, 진짜로 도움이 됐대요."

그 말은 솔직히 기뻤다.

"그러면 다행이네. 별로 한 일도 없는데."

"그러고보니 슈지 형은 전에 다니던 회사를 왜 그만뒀어요?"

갑작스러운 질문에 가슴이 철렁하며 크게 쿵쾅거렸다.

"딱히 무슨 이유가 있었던 건 아니야."

냉정한 척하면서도 심장 고동은 빨라졌다.

"그래요? 슈지 형이 그만뒀을 정도니까 어지간한 이유가 있나 했죠."

"그렇지도 않아……. 나는 그렇게 근성 있는 편이 아니니까. 좀 지쳤을 뿐이야. 미안, 재미있는 이야기가 아니라서."

굳으려는 볼을 애써 끌어올리면서 지금 제대로 웃고 있는지 불안해서 속이 탔다.

"딱히 재미있는 이야기를 바란 건 아니고요. 음, 아르바이트를 즐겁게 했다니 다행입니다. 소개한 보람이 있었어요."

다쿠는 구김살 없이 웃었다.

"응. 그럼 내일부터 다시 잘 부탁해."

나는 볼을 억지로 끌어올린 채 빠른 걸음으로 편의점을 나섰다.

STEP_02
넘어야 할 장벽

따르르르릉…….

“Thank you for calling HEROES company. How may I help you?”

“제 계산으로 전년 대비 134%는 그렇게 불가능한 숫자가 아니라…….”

“By all means. We will definitely keep our promise.”

따르르르릉…….

“안 됩니다! 어째서 허가가 나지 않는 겁니까!”

“SHUT UP!”

“明天下牛五点開始. 没事儿吧?”

따르르르릉…….

"그러니까……! 그걸로는 인기를 끌 요소가 부족하다고요. 좀 더 독자의 눈높이를 고려해서 전개해야지……."

"어째서 허가가 나지 않는 거야! 도로교통법 다시 조사해!"

"吵死了!"

삐—삐—삐—삐—삐—삐—삐—.

"잠깐, 알람 안 멈춥니까—."

"이백 도로 십칠 분, 그 뒤에 백구십 도로 낮추고……."

삐—삐—삐—삐—삐—삐—삐—.

"잠깐, 진짜로 알람 안 멈춥니까—."

"아무리 그래도 더 이상 원가를 올리면 이익률이 위험합니다."

삐—삐—삐—삐—삐—삐—삐—.

"잠깐, 진짜……."

"시끄러워————어!"

대체…… 여기는 어디인가.

그저 넓기만 한 사무실 안. 나는 수많은 컴퓨터와 낯선 실험 기구, 신기한 기계 들에 둘러싸여 있었고, 사방에서 출처를 알 수 없는 목소리와 전자음이 들렸다.

삐—삐—삐—삐—삣…….

"아, 슈지 군! 기다리게 했군!"

위풍당당하게 바로 옆쪽 문에서 나타난 풍채 좋은 남성은 아무 일도 아니란 듯 오른손으로 알람을 끄고는 말했다.

내가 "앗, 아뇨" 하고 애매하게 대답하자 남자는 사무실 안에 대고 큰 소리로 외쳤다.

"이봐, 다들 잠깐 주목!"

실내에 못해도 마흔 명은 될 듯한 직원들이 일제히 손을 멈추고 우리, 아니 정확하게는 내 옆의 사장님을 바라보았다.

"오늘부터 여기서 일하게 된 슈지 군이다."

사장님의 재촉에 나는 쭈뼛거리면서 고개를 살짝 숙였다.

"다나카 슈지…… 입니다. 잘 부탁드립니다."

시간이 딱 멈춘 것처럼 실내에 침묵이 흘렀다.

……3초 뒤, 다시 전자음이 들렸다.

따르르릉…….

"HEROES, bonjour."

그 소리를 신호로 사무실 안에 있는 직원 모두가 일제히 일을 재개했다.

"……Entendu. Je vous le passe."

마치 내 소개 따위 없었던 일 같다.

입만 떡 벌리고 있는 내 어깨에 턱, 하고 무게가 실렸다.

"일단 팔월은 시험 기간이라고 치지. 뭐든 좋으니 해봐."

사장님은 내 어깨에 손을 얹은 채 씩 웃더니 커다란 손을 휘휘 저으며 성큼성큼 사무실을 나갔다.

오늘부터 이곳이 내 새로운 직장……

……인 걸까?

이야기는 일주일 전으로 거슬러 올라간다.

히어로즈에서의 단기 아르바이트를 마친 나는 예전처럼 지냈다.

일주일에 몇 번 화려한 유니폼을 입고 계산대에 섰다.

평소처럼 상품 바코드를 찍고 "감사합니다"와 "어서 오세요"를 반복한다.

하나도 특별할 것 없는 일상이었다.

"앗!"

계산대 앞에서 한 남자 손님이 손에 들고 있던 삼각김밥을 바닥에 떨어뜨렸다.

시부야 한복판에 있다가는 단번에 돈이라도 뜯길 듯 엄청 둔해 보이는 남자다.

남자는 떨어뜨린 삼각김밥을 주워 그대로 계산대에 올려놓았다. 김이 붙어 있지 않은 타입의 닭고기 삼각김밥은 그냥 봐도 심하게 찌그러져 있었다.

나는 손님에게 "잠시만 기다려주세요"라고 말한 뒤 선반에서 새로운 닭고기 삼각김밥을 가져왔다.

내 행동을 본 남자는 허둥거리며 말했다.

"제가 떨어뜨린 거니 그냥 주셔도 괜찮습니다."

"하지만 찌그러졌고, 맛이 없을 수도 있으니까요."

나는 개의치 않고 바코드를 찍은 뒤 "팔백구십 엔입니다" 하고 말했다.

남자는 여전히 미안한 표정을 짓고 있었다.

"신경 쓰지 않으셔도 괜찮아요. 이 가게는 손님이 많지 않아 늘 상품이 남아서 버리거든요."

남자는 "죄송합니다……"라고 기운 빠진 목소리로 중얼거렸다.

도리어 마음을 쓰게 해버렸나 싶었을 때, 옆에서 다쿠의 목소리가 들렸다.

"슈지 형, 손님한테 왜 시비를 걸어요?"

무슨 일이고 참견하는 녀석이 어이가 없었지만, 덕분에 숨통이 트였다.

"시비 안 걸었어."

나는 쓴웃음을 지으며 대답했다.

"손님, 무슨 이상한 소리 들으셨으면 언제든 저한테 말씀하세요."

"별일 아니래도 그러네. 내가 너냐."

"아, 너무해. 들으셨어요? 지금 그거 괴롭힘이라고요."

남자는 우리의 대화를 들으며 쿡쿡 웃더니 "고맙습니다" 하고 가볍게 고개를 숙이고 나갔다.

"너 때문에 비웃잖아."

다쿠는 들리지 않는 척하며 남자의 등에 "감사합니다" 하고 외쳤다.

확실히 다쿠에게는 좋은 점도 있다. 분위기 파악을 잘하고, 분위기를 띄워주기도 한다.

그러나 여전히 지각을 밥 먹듯 하고, 변함없이 나를 보고 "성실하네요"라며 웃는다.

그래도 이전보다는 그 말에 꺼림칙한 감정을 느끼지 않게 되었다. 마음의 목소리를 바깥으로 내서 "성실해서 미안하다"라며 웃을 수도 있게 되었다.

모든 것이 제자리였다.

겨우 일주일이었다지만, 평소와는 다른 경험을 하고 난 뒤로 지금의 생활에 허전함을 느꼈다.

그날 밤, 아르바이트를 마치고 휴대전화를 확인하자 부재중 전화 한 통이 와 있었다.

낯선 번호에 '뭐지' 하면서 녹음된 메시지를 재생했다.

'주식회사 히어로즈의 나카야라고 합니다. 다나카 슈지 님께 전할 메시지가 있으니 나중에 다시 연락드리겠습니다.'

히어로즈라는 이름에 가슴이 뛰었다.

무슨 일일까. 어쩌면 또 아르바이트 의뢰인지도 모른다.

나는 머뭇거릴 새 없이 남아 있는 번호로 전화를 걸었다.

여섯 시가 넘었는데도 상대는 전화를 받았다.

전화를 받은 여성에게 나카야 씨가 부재중 통화를 남겼다고 말하자 바로 연결해주었다.

나카야라는 사람은 다소 사무적인 말투로 말했다.

"단도직입으로 여쭙겠습니다. 다나카 씨, 저희 회사에서 정사원으로 일할 마음이 있으십니까?"

나는 망설임도 없이 "네. 있습니다!"라고 대답했다.

일말의 망설임도 없었다는 사실에 스스로도 놀랐지만, 조건반사처럼 입에서 나온 말이었다.

나카야 씨는 "그러면……" 하고 사무적으로 말을 이었다.

"이번에 면접과 시험을 치러주셨으면 합니다. 급박한 일정이라 죄송하지만, 내일모레는 일정이 어떠십니까?"

나는 또다시 고민도 하지 않고 "네. 괜찮습니다"라고 대답했다.

사실 아르바이트하는 날이었지만 이미 다쿠에게 대타를 부탁할 마음으로 가득했다. 나카야 씨는 계속 설명했다.

"그럼 전달 사항을 말씀드리겠습니다. 먼저 당일 복장은 편한 차림이어도 괜찮습니다. 자유로운 복장으로 오십시오."

또다시 '자유로운 복장'이다. 지난번 미야비의 차림을 본 뒤에는 '자유'의 범위가 상당히 넓어졌다.

"그리고 또 한 가지. 다나카 씨가 저희 회사 단기 아르바이트로 '얻은 것'이 있다면 어떤 것이든 상관없으니 지참해주십시오."

"얻은 것…… 이오?"

"네. 아무리 작은 것이라도 괜찮습니다."

"알겠습니다."

명함도 얻은 것에 들어갈까. 나는 상대의 말을 들으며 한쪽으로 생각했다.

"마지막으로 가장 중요한 입사시험 장소는 추후 메일에 지도를 첨부하여 보내드리겠습니다."

"아, 장소라면 지난번에도 찾아간 적이 있으니 괜찮습니다."

"자료에는 지난번 다나카 씨가 가신 곳은 지사라고 되어 있습니다만……."

"맞습니다. 죄송하지만, 다른 곳에서 하나요?"

"예. 입사 시험은 본사에서 치릅니다."

"알겠습니다."

"그러면 나중에 메일을 확인해주십시오. 그 외 질문 있으십니까?"

이럴 때는 뭐라도 질문하는 편이 좋은 인상을 주지 않을까.

휴일이나 급료는 물을 수 없고……. 짧은 순간에 온갖 생각이 몰려들었다.

"어…… 저기, 시험 합격률은 보통 어느 정도인가요……."

"지난번 입사시험 합격률은 삼 퍼센트입니다."

생각지도 못한 낮은 숫자에 나도 모르게 말을 잃었다.

"……여보세요?"

"아, 네! 죄송합니다. 삼 퍼센트…… 인가요……."

"네. 또 있으십니까?"

"아뇨, 없습니다. 열심히 하겠습니다!"

"그럼 내일모레, 잘 부탁드립니다."

"잘 부탁드립니다……."

잠시 뜸을 들이고 전화를 찰칵 끊었다.

입사 시험 당일.

나는 베이지색 바지에 반팔 셔츠, 얇은 재킷 등 아르바이트 이틀째에 입은 것과 같은 복장으로 시험 장소를 찾아갔다.

지도상에 표시된 장소에 실제 가보니 하늘로 치솟을 듯 높고 번쩍번쩍 빛나는 외관의 빌딩이 당당하게 서 있었다.

긴장한 상태로 현관에 들어섰다. 얼굴이 비칠 듯 반짝이는 바닥을 밟으며 화살표와 함께 '면접장은 이쪽'이라고 적힌 안내판을 따라 걸어갔다.

화살표 방향대로 긴 복도를 걸어가자 면접장으로 보이는 곳이 나타났다.

그와 동시에 말문이 막혔다.

일렬로 쭉 늘어선 의자에 등을 꼿꼿하게 펴고 앉아 있는 사람 모두가 어두운색 정장을 입고 있었다.

"이럴 수가……."

끝났다. 이 말이 머릿속을 스쳤다.

일단 가장 끝에 앉았다. 거북하기 짝이 없다. 혼자만 둥둥 떠 있는 기분이다.

불안해져서 옆자리에 앉아 있는 안경을 쓰고 얌전해 보이는 청년에게 "저…… 전화로 편한 차림으로 오라는 말 듣지 않으셨어요?"라고 묻자 그 남성은 내 머리부터 발끝까지 재빠르게 훑더니 성실한 표정을 하고는 말했다.

"오늘은 면접도 있을 예정이라고 해서 혹시 몰라 정장을 입고 왔습니다."

"하지만……" 하고 입을 열자 내 말을 가로막고 남자는 계속 떠들었다.

"결혼식 피로연 안내에 '평복으로 오십시오'라고 적혀 있어도 찢어진 청바지를 입고 가지는 않죠. 때와 장소에 맞게 갖추어야 할 복장이 있는 법입니다."

마치 이런 건 상식이라는 듯한 말투다.

그런 건가……? 하지만 굳이 평소대로 입고 오라고 했는데. 그럼에도 '면접'이라는 이름이 붙은 자리는 정장으로 가는 것이 상식인가.

어쩐지 납득이 되지 않았지만 이곳에 있는 모두가 '정장을 입는다'를 선택했다면, 아마도 내가 비상식인 거겠지. 그렇다면 처음부터 헷갈릴 소리를 하지 않았으면 좋겠다. 혹시 이것도 얼마나 상식이 있는 인간인지 체크하는 시험이었던 건가.

불안한 마음으로 입을 다물자 딱 붙는 정장을 말쑥하게 차려입은 긴 머리 미녀가 나타났다.

"여러분 많이 기다리셨습니다. 이쪽으로 들어오세요."

미녀가 깔끔한 동작으로 인사를 하자 정장 차림의 사람들이 마치 하나의 부대처럼 척, 하고 일어났다.

"저…… 사와노 씨……."

나는 가슴의 명찰을 보고 미녀에게 물었다.

"네, 다나카 슈지 님. 무슨 일이시죠?"

놀랍게도 미녀는 내 이름을 알고 있었다.

"저기…… 저, 이렇게 편한 차림으로 와버려서……."

미녀는 내 속내를 알아챘는지 생긋 미소 지었다. 그 아름다움에 나도 모르게 넋을 놓을 뻔했다.

"전혀 걱정하실 필요 없습니다. 자, 다나카 님도 어서 안으로 들어가시죠."

미녀의 재촉에 그곳에 있던 모두가 긴 책상이 늘어서 있는 강당으로 들어갔다.

책상 위에는 뒤집힌 시험지가 일렬로 쭉 늘어서 있었다. 대학 입시 광경과 똑같다.

미녀는 앞에 서서 지극히 간단하게 OMR 카드 마킹하는 법을 설명했다.

"그럼 시작해주십시오"

미녀의 말이 끝나자마자 수험자들은 일제히 시험지를 뒤집었다. 바스락 소리가 강당 안에 울려 퍼졌다. 물론 나도 모두와 똑같이 종이를 뒤집었다.

그러자 다시 입이 떡 벌어졌다.

본 적도 없는 암호 같은 수식에 영어, 중국어, 프랑스어, 독일어, 스페인어, 어느 나라 말인지도 모를 언어들로 가득했다. 합격률 3퍼센트의 의미를 이제야 이해했다.

복장 따위 신경 쓸 때가 아니다. 더 근본적인 게 문제였다.

나는 부들부들 떨리기 시작한 오른손으로 펜을 붙잡고 심호흡했다.

어찌 됐든 가장 첫 문제부터 순서대로 OMR 카드를 채우는 수밖에 없다.

적당히, 로또를 맞춘다고 생각하면 된다. 이제 그 방법밖에는 없다.

종료 알람이 울릴 때까지 나는 딴 생각하지 않고 열심히 OMR 카드를 메웠다.

"얻은 것은 도조 하야토 씨의 명함, 이상입니까."

쭉 늘어선 면접관 중 한가운데에 있던 남자가 냉정한 목소리로 물었다.

"아뇨."

나는 침을 삼키면서 간신히 목소리를 냈다.

"그럼 그 외 전부 제시해주십시오."

"명함 뒷면을 봐주시겠습니까."

면접관은 잠자코 명함을 뒤집더니 눈썹을 치켜떴다.

"제가 얻은 것은 도조 선생님이 직접 그려주신 제 캐리커처입니다."

"꽤 대단한 것을 얻으셨군요."

그는 처음으로 미소를 보이며 말했다.

"감사합니다."

"이건 어떻게 얻으셨습니까?"

"마지막 날에 선생님께서 명함을 주셨습니다. 뒤를 보라고 하셔서 보니까 그림이 있었습니다."

면접관은 호오, 하고 고개를 끄덕이면서 그림을 찬찬히 바라보았다.

"도조 선생님께서 이 그림에 대해 뭐라고 말씀하셨습니까?"

나는 잠시 망설인 뒤에 솔직히 대답했다.

"네. 특징 없는 얼굴이라 그리기 어려웠다고 하셨습니다."

대답이 끝난 뒤 면접관이 캐리커처를 한 번, 내 얼굴을 한 번, 다시 한 번 캐리커처를 보더니 "과연……" 하고 중얼거린 것을 나는 분명히 들었다.

특징 없는 얼굴이라 미안하다, 라는 말은 당연히 마음속에만 머물렀다.

그리고 현재…….

나는 이 사무실 안에서 오도 가도 못 하고 있다.

설마, 설마 합격할 줄이야.

3퍼센트 안에 바로 내가 들어갈 줄이야.

도조 선생님이 준 명함의 힘일까.

대체 여기는 뭐하는 회사야. 뭘 어떻게 해야 하지. 누구한테 질문하려 해도 다들 바빠 보여서 말을 걸 수조차 없다. 공중에 통 모르겠는 말이 끊임없이 오갔다.

"링링, 미안! 내일 그 이벤트 말인데, 통역 가능해?"

"알겠어! 몇 시야?"

"어 그러니까, 열다섯 시 반!"

"열다섯 시 반! 현장 집합이지?"

"응, 현장으로 오면 돼. 나는 먼저 가 있을 테니까. 그럼 돌아가서 준비할게! 내일 상하이에서 봐!"

시부야를 어슬렁거리면 단번에 돈을 뜯길 듯한 작은 체구에 안경을 쓴 남자가 책상 위에 있던 가방을 들더니 잰걸음으로 내 옆에 있는 출구를 향해 다가왔다.

"어이쿠, 미안."

문 앞에 우두커니 서 있던 나와 부딪힐 뻔했다. 순간 겉모습만 봐서는 상상할 수 없을 정도로 잽싼 몸놀림으로 나를 피해 가더니 유유히 사라졌다.

어디선가 본 적 있는 것도 같지만, 기분 탓이겠지.

그런 생각을 하는데 이번에는 확실히 귀에 익은 목소리가 들렸다.

"링링, 내일모레 이쪽도 부탁합니다아!"

오늘은 기하학무늬의 셔츠를 입었다. 신발은 역시 뾰족한 부츠. 미야비다. 여전히 호스트 같은 장발 스타일을 하고 '링링'이란 사람에게 외쳤다.

"싫어! 내일 상하이다. 한동안 거기서 느긋하게 있을 거다."

안됐지만 차인 듯하다. 그래도 미야비는 끈질기게 링링을 붙들고 늘어졌다.

"으아, 진짜? 언제 돌아오는데?"

"상하이 게 요리에 질리면 돌아올게."

"진심으로 부탁해. 나도 완전 급박하다고."

미야비는 비통한 표정으로 양손을 모으고 링링에게 빌었다.

불현듯 미야비가 나를 보았다.

"아……!"

갑자기 미야비가 나를 향해 손가락을 뻗어서 움찔했다.

"있다아……, 중국어 전공!"

반사적으로 돌아보았지만 내 뒤에는 벽밖에 없었다.

"슈지 씨, 중국어 할 수 있죠?"

"예?!"

그렇다, 전에 내 전공을 말한 적이 있다. 그러나 유감스럽게도 고작 2년 동안 교과서상으로 공부한 것만으로 회화가 될 리가 없다.

"그게, 회화는 안 됩니다……"라고 말하려는데 미야비가 "럭키!" 하고 외쳤다.

"이쪽으로."

미야비는 나를 소란스러운 사무실에서 억지로 끌고 나갔다.

조금 전 사무실과는 정반대의 조용한 회의실로 나를 데려간 미야비는 "잠깐 앉아서 기다려주세요" 하고는 나가버렸다.

얼마 안 지나 돌아온 미야비는 녹차 페트병 두 개와 방대한

양의 자료를 가져왔다.

"슈지 씨, 이것 좀 들어주세요!"

미야비는 옆구리에 낀 녹차 페트병을 턱짓으로 가리켰다.

"아…… 네."

페트병을 빼내자 미야비는 "후우" 하고 효과음을 내면서 양손에 든 자료를 책상 위에 쿵하고 내려놓았다.

"슈지 씨, 기억력이 엄청 좋은 편인가요?! 아이큐가 180쯤 됩니까?"

미야비는 녹차 페트병 하나를 내 앞에 내밀고, 자기 몫의 병 뚜껑을 열더니 꿀꺽꿀꺽 마셨다.

"안…… 되는데……."

"진짜요? 첫날 양복 입은 사람은 대개 외국어 능력자더라고요. 음, 나는 외국어를 하나도 못 하는데."

미야비는 자료를 펄럭펄럭 헤집더니 스테이플러로 찍어서 구분해놓은 종이 뭉치를 찾았다.

"뭐, 괜찮아요. 일단 이 자료만 대강 훑어보시고, 기본적인 콘셉트만 파악해주시고, 그리고 내가 하는 말을 중국어로 통역만 해주면 오케이예요!"

"저기……."

"뭔가요? 아! 녹차를 못 마십니까?"

내가 아직 손대지 않은 페트병을 보면서 미야비가 물었다.

"아니, 녹차는 좋아합니다. ……감사합니다."

나는 땀이 난 손으로 페트병의 뚜껑을 열고 녹차를 꿀꺽꿀꺽 들이켰다. 아까부터 긴장과 불안감으로 입안이 바싹바싹 탔다.

"다행이네요! 녹차 진짜 맛있죠. 일본인이라면 녹차죠. 나, 진짜 일본 전통 완전 좋아해요!"

호스트 같은 갈색 머리를 하고 허리에 매달린 체인을 찰랑찰랑 흔들며 그렇게 말해봤자 전혀 설득력이 없습니다만. 양쪽 귀에 구멍을 몇 개나 뚫은 거야. 대단하다.

그보다, 지금은 녹차를 좋아하나 싫어하나가 문제가 아니라…….

"나…… 중국어, 말 못하는데요……?"

미야비가 움직임을 딱 멈추고 나를 응시했다.

다음 순간 "진짜요? 말 못해요?!"라는 비명에 가까운 외침이 조용한 회의실에 울려 퍼졌다.

미야비가 비통한 듯 소리친 지 30분이 지난 지금, 이해할 수 없지만 우리는 30층에 있는 구내식당에 나란히 앉아 사이좋게 밥을 먹고 있었다.

착각한 게 미안했는지 미야비가 '사과의 뜻으로'라며 일찌감치 점심을 쏘기로 했다.

"앗, 슈지 씨 진짜 말 놓으세요. 저는 근본이 성실해서 존댓말이 더 편하거든요. 그러니까 신경 쓰지 말고 슈지 씨는 완전 말 놓으세요. 오히려 그편이 편해요."

미야비가 낫토 카레를 우걱우걱 먹으면서 말했다.

정말로 근본이 성실한 녀석은 스스로를 '근본이 성실하다'고 하지 않을걸. 이런 지적은 마음에 담아두고, 구내식당 음식치고는 지나치게 맛있는 돈가스 카레에 감동하며 한입 가득 밀어 넣었다.

"알았어……. 그럼 네 말대로 앞으로는 말 놓을게. 그나저나 갑작스럽지만 묻고 싶은 게 좀 있는데……."

이 기회에 이것저것 해치워두고 싶다.

"바로 질문인가요. 의욕이 넘치네요."

"음, 기본적인 질문인데…… 대체 히어로 제작은 어떻게 하는 거야? 다들 뭘 하는 거야?"

"그게 궁금해요? 완전 기본이잖아요! 혹시 슈지 씨, 내용 모르고 이 회사에 들어왔어요?"

미야비는 낫토를 뿜을 것처럼 깔깔깔 웃었다.

"완전 재밌네. 음, 처음에는 영문을 모르겠죠. 나도 당황했었으니까. 다들 업무 내용은 제각각이에요. 진짜로 완전 달라요. 음, 알기 쉽게 말하면 각자 특기 분야를 살려 세상에 히어로를 만드는 거죠."

"그 히어로라는 거 말인데, 기본적으로 어떤 사람이야?"

"누구든 돼요. 진짜로 누구든 돼요. 중요한 일이라 두 번 말해봤습니다."

뭐가 그렇게 재밌는지 미야비는 줄곧 웃으며 말했다. 이제는 좀 언짢아져서 내가 입을 다물자 미야비는 숨을 한 번 크게 들이쉬더니 웃음을 거두었다. 생각보다 분위기 파악은 잘하는 편인 듯하다.

"어, 진지하게 이야기를 하자면 히어로란 개념은 사람마다 다르잖아요. 누군가 아버지가 히어로라고 생각한다면 아버지를 만들면 되는 거고."

"아버지를 만들어……?"

"하지만 아버지라고 아무나 다 되는 건 아니에요. 세상에는 아이를 학대하는 망할 놈도 있고. 그딴 놈은 아무리 아버지여도 히어로라고 할 수 없죠."

"흐음……."

"그러니까, 슈지 씨가 생각하는 진짜 히어로를 만들면 돼요. 음, 알기 쉽게 말하면……."

이 녀석 알기 쉽게 말하는 걸 좋아하는구나.

"……프로듀서 같은 거죠. 하지만 프로듀서라고 말하면 안 돼요. 왜냐? 사장님이 들으면 완전 화내니까."

"어째서?"

"옛날에 자칭 프로듀서라는 녀석에게 속아 돈을 뜯긴 적이 있다나. 그런 수상한 호칭으로 부르지 말라고 화내요. 히어로 제작은 돈 냄새가 나지 않는 좀 더 순수한 일이라는 것 같던데요."

"그렇구나……."

"뭐 실제로는 엄청나게 돈이 얽혀 있지만."

"그렇…… 구나."

"이 일은 얕은 듯 깊다고요."

"으음…… 미야비 군……."

"잠깐만요! 아니, 아니! 너무 웃기지 마세요오. 미 · 야 · 비! 쎄이, 미야비! 자!"

미야비는 몹시 들떠 있었다.

"응, 미야비…… 는 이전에 무슨 일 했는지 물어도 돼?"

"막 물으세요. 난 원래 미용사였어요!"

"아아. 정말 미용사 같아."

사실은 호스트 같지만. 그런 말은 당연히 마음속에 담아두었다.

"왜 이 회사로 이직한 거야?"

"인기가 너무 많아서. 인기가 너무 많으니까 귀찮아지더라고요."

"뭐?"

"뭐라고 해야 할까. 인간이 너무 완벽하면 미움을 사잖아요. 보세요, 내 얼굴 괜찮죠? 흔히 말하는 꽃미남 스타일! 여자 손님이 심하게 붙었는데, 심지어 솜씨까지 좋으니까 선배 미용사의 고객을 몽땅 빼앗았지 뭡니까. 결국에는 사장님 고객까지 빼앗아버려 안 좋게 됐죠. 뭐, 그런 상황이었죠."

대체 어떤 상황이라는 거야.

"아무튼 미치노베 씨를 따라다녀보니 어때요?"

"미치노베 씨……."

"그 사람은 우리 회사의 에이스니까."

"에이스……."

맞아, 확실히 미치노베 씨에게는 베테랑의 풍격(風格)이 있다. 명실공히 히어로즈의 에이스인가.

"호랑이도 제 말하면 온다더니…… 미치노베 씨!"

쟁반을 들고 빈자리를 찾으며 돌아다니던 미치노베 씨를 발견한 미야비가 손을 흔들며 큰소리로 외쳤다.

"어이쿠, 이것 참. 다나카 슈지 군. 오랜만에 뵙습니다."

미치노베 씨는 오늘도 역시 점잖은 미소를 지었다.

"어쩌다보니 대강의 업무 설명은 했는데, 제가 지금 일이 좀 바빠서요. 혹시 가능하면 미치노베 씨 일을 같이 하면 어떨까 싶은데요."

미치노베 씨는 먹음직스러운 튀김 우동이 든 쟁반을 우리 옆자리에 놓고 "그거 잘됐군요"라고 고개를 끄덕였다.

"도조 선생님과 잘 맞았던 것 같기도 하고. 어시스턴트 같은 건 어때요?"

"네? 저보고 만화를 그리라고요?"

놀란 나를 보고 미야비도 놀란 표정을 지었다.

"어, 슈지 씨 만화 그릴 줄 알아요?"

"아니, 아니, 아니, 못 그려!"

나는 미야비 얼굴에 대고 허둥지둥 손을 휘저었다.

"그렇죠? 아, 깜짝 놀랐네. 그쪽 재능이 있나 했다고요."

"없습니다……."

유감이지만 나에게는 특수한 재능 따위 하나도 없다.

나는 조금 기가 죽어서 미치노베 씨에게 물었다.

"저…… 저는 솔직히 왜 합격했는지 잘 모르겠어요. 특별한 재주도 하나도 없고……."

"하지만 시험을 치르고 면접을 봐서 합격하신 거지요?"

미치노베 씨가 상냥한 목소리로 물었다.

"그렇긴 하지만……. 아마 명함 덕분일 거예요……. 도조 선생님의 힘이라고 해야 하나……."

"왜 그렇게 생각하시죠?"

"틀림없이 시험 성적도 좋지 않았을 테고, 면접에서도…… 저 혼자만 평소 차림으로 가서……."

"평소에 뭘 입고 다니길래요?"

미야비가 카레를 입 안 가득 그러넣으며 쾌활하게 대화에 끼어들었다.

"나 빼고 다들 정장 차림이었어. 넌 면접 볼 때 정장 안 입었어?"

"아, 전 면접을 안 봤어요."

"미야비 군은 특수하게 들어온 케이스입니다. 이래 보여도 엘리트 코스니까요."

이런 미야비가? 좀처럼 믿기지 않았다.

"엘리트 코스…… 같은 것도 있군요. 어떤……."

"아…… 말도 안 돼!"

미야비가 느닷없이 큰 소리로 외쳤다.

"죄송합니다, 나 일하러 갈게요! 일찍 밥 먹길 잘했다."

미야비는 휴대전화를 한 손에 들고 뭔가를 조작하면서 일어났다. 아무래도 문제가 생긴 모양이다.

"내가 나중에 내 거랑 같이 치울게. 급한 일이지?"

한 손으로 쟁반을 들려는 미야비를 제지하며 내가 말했다.

"진짜요? 슈지 씨, 죄송합니다. 그럼 그 말 믿고 먼저 갑니다아!"

"앗, 점심 잘 먹었어!"

미야비는 한 손을 들고 "예압" 하며 이해할 수 없는 인삿말을 남기고 떠났다.

"그럼 슈지 군."

"네!"

기세 좋게 돌아보자 미치노베 씨가 부드럽게 미소 짓고 있었다.

"점심을 다 먹으면 바로 도조 선생님께 가지요."

"네. 구체적으로 무슨 일을 하면 될까요?"

나는 조금 긴장하면서 물었다.

"슈지 군은 도조 선생님을 히어로로 만들기 위해서는 어떻게 하면 좋을 것 같나요?"

"음…… 만화를 유명하게 만든다?"

"어떻게 하면 유명해질까요."

"그건…… 읽는 사람이 많아지면 되는 거 아닐까요."

면접 보는 기분이다.

"어떻게 하면 많은 사람이 읽어줄까요."

"으음…… 홍보에 힘을 쏟고…… 미디어에도 노출을……."

"그전에 반드시 필요한 것이 있습니다."

미치노베 씨는 쟁반에 젓가락을 내려놓더니 손을 모았다.

그러더니 고개를 들어 정면으로 나를 보았다.

"도조 선생님께서 재미있는 만화를 그려주셔야 합니다. 그러기 위해서라면 저희는 뭐든 합니다."

그렇게 말하고는 소리도 없이 쓱 일어났다.

"자, 가시죠. 도조 선생님께서도 다시 만나면 분명히 기뻐하실 겁니다."

미치노베 씨는 생긋 웃었다.

나는 도조 선생님이 머무는 호텔로 가는 길에 물었다.

"도조 선생님은 계속 호텔에 머무세요?"

"아뇨, 특정 기간만요. 콘티를 짜는 기간은 시내 호텔에 머무시고, 그동안에 인터뷰나 사진 촬영 등 시내에서 진행되는 스케줄을 잡습니다. 그러는 편이 이동하는 데 시간을 덜 잡아먹으니까요. 펜선 작업에 들어가면 자택의 작업실이 일하기 좋으므로 그 기간은 지바의 자택에서 만화에 전념하십니다."

그렇구나. 그러니까, 일정 관리를 하는 건가.

"연예인 매니저 같은 일도 하는군요."

"매니저에 가까운지도 모르겠네요."

미치노베 씨는 생긋 웃었다. 이 사람은 정말로 언제나 미소를 짓고 있다. 역시 베테랑이군. 나는 감탄했다.

"슈지 군은 전에 이런 업무에 종사한 경험이 있으십니까?"

"아뇨, 없습니다. 경험도 지식도 전혀 없습니다."

"누구든 처음에는 그렇지요."

미치노베 씨가 하는 말 한 마디 한 마디 여유가 있었다. 그는 지금까지 만난 누구보다도 상냥했다.

"미치노베 씨는 이 회사에 입사한 지 오래되셨나요?"

"그렇군요, 이래저래 이십 년쯤 될까요."

"그 전에는 무슨 일을 하셨어요?"

"그 전에는 어떤 사업을 했지요."

"사장님이셨어요?"

그래서 행동거지가 점잖았던 건가. 사장이라는 단어가 위화감 없이 와닿았다.

"사장님이라는 대단한 직함이 어울릴 만한 자리는 아니었습니다."

미치노베 씨는 겸손하게 말했다.

"굉장하네요. 역시 재능이 있는 사람은 다르군요."

"글쎄요, 저에게 어떤 재능이 있을까요."

"이전에 사장님이었고, 지금은 이 회사의 에이스고."

미치노베 씨는 조용히 미소 지었다.

"재능이란……."

그렇게 말하더니 잠시 먼 곳을 응시했다.

"재능이란 대체 어떤 형태를 하고 있을까요. 한 번쯤 제 눈으로 보고 싶군요."

희한한 소리를 하는 사람이라고 생각하는 순간, 갑자기 미치노베 씨가 장난스러운 얼굴로 웃으며 말했다.

"어쩌면 시가를 입에 물고 의자에 앉아 있는 날개 달린 남자일지도 모릅니다."

"네?"

"재능의 모습 말이에요. 그는 무척 변덕쟁이지만 때때로 노력하는 인간에게 작은 자루에 든 마법의 가루를 뿌려주죠. 그 가루는 인간에게 영감을 줍니다. 도조 선생님은 본 적이 있을지도 모르겠군요."

무슨 소리인지 제대로 이해하지 못한 나는 애써 미소를 지으며 미치노베 씨 옆에서 나란히 걸었다.

"슈지 군, 저는 말이죠."

미치노베 씨는 갑자기 걸음을 우뚝 멈추었다.

"아직 등에 날개가 있는 남자와 만난 적이 없습니다."

그렇게 말한 미치노베 씨는 왠지 쓸쓸해 보였다.

"우와아아아아아아아아아——————!"

고급 호텔의 한 객실 안에서 또다시 우렁찬 고함 소리가 울려 퍼졌다.

"더느으으으은! 그럴 수 없어어어어어어어!"

나는 미치노베 씨에게 "이거야, 원" 하며 눈짓하고서 재킷을 벗었다.

30분 후, 나는 이번에도 어깨를 헐떡이면서 미완성인 상태로 흐트러져 있는 콘티들을 조심스럽게 주워 모았다.

"이제 진정되셨죠? 콘티도 잘 그리셨는데."

"중간에 막혀버려서……."

도조 선생님은 지친 기색이 역력한 표정으로 기운 없이 의자에 앉아 있었다.

"맛있는 커피라도 내려드리죠."

미치노베 씨는 느긋하게 부엌으로 이동했다. 진지한 표정으로 원두를 비교해보는 그 모습은 마치 카페의 베테랑 바리스타 같았다.

잠시 뒤 객실 안은 커피의 향긋한 향으로 가득 찼다. 미치노베 씨는 막 내린 호박색으로 빛나는 커피를 도조 선생님 앞에 가져와 마치 집사처럼 정중하게 내려놓았다.

도조 선생님은 잔을 들고 코로 향기를 가득 들이마시더니 크게 숨을 내뱉었다. 그러고는 천천히 잔을 입에 댔다.

"조금 진정이 됐어."

그렇게 말하더니 살짝 미소 지었다.

"막 만화를 그리기 시작했을 무렵에는 그리는 것이 정말로 즐거웠어."

나도 미치노베 씨도 잠자코 도조 선생님의 이야기에 귀를 기울였다.

"아무것도 필요 없다고 생각했어. 그림만 그릴 수 있다면 아무것도 필요하지 않다고, 내가 그린 만화를 읽어주는 사람만 있다면 더는 바랄 것이 없다고 생각했어."

그렇게 말한 그의 눈은 길을 잃은 어린아이처럼 불안해 보였다.

"나에게는 만화밖에 없었으니까. 나에게 만화라는 재능이 있었다면 그 대신 다른 재능이 부족했던 것 같아. 그 무렵에는 그것조차 행복이라고 믿었지만…… 지금은 무서워졌어."

도조는 컵을 양손으로 감싸 쥔 채 조금 먼 곳을 바라보았다.

"만화 말고 도망칠 곳이 없다는 사실이 때때로 무서워서 견딜 수가 없어."

그렇게 말하는 도조 하야토는 일상에 지친 평범한 아저씨로 보였다.

돌아가는 길, 나는 미치노베 씨와 나란히 걸으며 말했다.

"도조 선생님은 재능 있는 만화가예요. 그런데도 만화를 계속 그린다는 건 힘든 일인 것 같네요."

나는 솔직히 특별한 재능을 가진 도조 선생님이 부러웠지만 막상 괴로워하는 모습을 보니, 옆에서 보는 것만큼 즐거운 일이 아니구나 싶었다.

"어떤 일이든 늘 잘 풀리기만 하라는 법은 없으니까요."

"하지만 일하지 않으면 먹고 살 수 없잖아요."

"그렇군요."

정말로 살기 힘든 세상이다.

"산다는 건 어려운 일이네요……."

미치노베 씨는 잠시 침묵한 뒤 상냥한 목소리로 말했다.

"사는 건 아주 쉽답니다."

"하지만……."

"슈지 군. 숨을 한번 들이쉬어보세요."

"숨을……? 이렇게요?"

나는 코로 후욱, 하고 소리를 내며 숨을 힘껏 들이쉬었다.

"그다음에 뱉어보세요."

시키는 대로 이번에는 입으로 하아, 하고 숨을 뱉었다.

"당신은 지금, 살아 있습니다."

미치노베 씨는 진지한 얼굴로 말했다.

"보세요, 사는 건 아주 쉬운 일이지요?"

그러고는 씩 웃었다.

일주일 뒤, 끌어안고 있던 안건을 일단락 지은 미야비가 도조 하야토 팀에 합류하게 되었다. 대신에 미치노베 씨는 다른 안건을 병행하기로 했다. 역시 미치노베 씨는 에이스인지라 여러 팀에서 데려가고 싶어하는 모양이다.

"슈지 씨와 도조 선생님이 잘 맞아서 다행이에요. 저래 보여도 선생님께서 낯을 가리거든요."

도조 선생님이 묵는 호텔로 가는 길에 미야비가 생글거리며 말했다.

그러고보니 미야비도 늘 웃고 있다. 이 회사에는 일하는 곳 특유의 팽팽한 분위기 같은 것이 전혀 없다. 대체 다른 사람들은 어떤 일을 하는 걸까.

“슈지 씨, 이 가게 알아요? ‘아메리칸 파이’라고 체리 파이로 유명한 가게인데.”

미야비가 걸으면서 젊은 여자들이 길게 줄 서 있는 가게를 턱으로 가리켰다.

“아아, 일 년쯤 전에 문을 연 파이 전문점이지? 요전에 텔레비전에서 세 시간 기다려야 겨우 먹을 수 있다고 하는 걸 봤어. 오늘도 사람이 엄청 많네.”

일요일이라 그런지 인도에 사람이 넘쳤다. 아무리 그래도 저 많은 사람들이 대체 어디서 왔나 싶을 정도로 긴 줄이었다.

“이 가게도 우리 회사가 관리하고 있어요.”

“그래?”

내가 놀라서 멈추자 미야비는 뽐내듯이 씩 웃었다.

“미치노베 씨랑 사장님의 강력 드림팀으로 이렇게 번듯하게 성공했죠.”

“와, 대단하다……. 그런데 히어로즈는 사람만 관리하는 거 아니었어?”

"사람이에요. 저 가게 사장님, 이전에 나사 공장 사장님이었어요. 그런 사람을 파이 장인으로 만들어낸 거예요."

"만들어내다니…… 대체 어쩌다가 나사 공장에서 파이 장인이……."

"나사 공장을 더 이상 운영하지 못할 지경이 됐었대요. 꽤나 내몰린 상태였나봐요. 저기 사장님도 의협심이 넘치는 사람이었어요. 만약 돈을 융통하지 못해 직공들을 무일푼으로 내쫓아야 한다면 자기 목을 매서라도 돈을 마련하겠다고…… 엄청나게 비장한 각오였어요."

"흐음……."

"목을 맬 바에야, 다 함께 파이라도 굽자고."

"그러니까 왜 파이……?"

"직공은 손재주가 야무지잖아요. 그렇게 작은 나사를 만들 수 있다면 파이도 구울 수 있겠다 싶었던 거죠. 주방을 보면 시커먼 아저씨들이 나란히 서서 하나같이 진지한 얼굴로 파이를 만드는데, 완전 웃겨요."

미야비는 즐거운 듯이 깔깔 웃었다.

"일본은 붐이 금방 지나가잖아요. 초반에는 북적거려도 일 년이 지나면 파리가 날리곤 하죠."

"그렇지. 그렇게 생각하면 일 년이 지나도록 여전히 세 시간

행렬이라니 대단하다."

"슈지 씨, 파리 울음소리 들은 적 있어요?"

"응? 없지. 파리가 울어?"

"있어요. 난 들은 적이 있으니까."

정말일까. 나는 반신반의하면서 일단 "그래?" 하고 말장구를 쳤다.

"다 망한 가게에 들어갔을 때 진짜로 터엉 빈 가게 안에서 터엉, 터—엉 하고 우는 게 들려요. 진짜 서글픈 소리예요."

그는 진지한 얼굴로 농담인지 진담인지 모를 소리를 했다.

"결국 '진짜로 맛있다!' 수준이 되지 않으면 한때 유행으로 끝나버린다는 거예요. 이거야말로 장인의 자존심과 기술이 걸린 문제죠. 몇 번이나 시식했는데, 진짜로 섬세한 맛이 나요. 슈지 씨도 먹어보세요. 틀림없이 '대박이잖아. 대체 이거 뭐야!'라는 말이 튀어나올 테니까. 세 시간 기다릴 가치가 있다고요."

미야비는 쉬지 않고 떠들어댔다.

"흐으음. 내가 엄청난 회사에 입사했구나."

그게 일주일 동안 주식회사 히어로즈에서 근무한 솔직한 감상이었다.

나 말고는 모두 정사원인 듯하고, 만나는 사람마다 다들 엄청난 '무기'를 가진 강자들이었다. 미치노베 씨에게 들은 바에 의하면 미야비도 훌륭한 솜씨와 넘치는 카리스마로 이름을 날린 미용사였던 모양이다.

참고로 미야비가 손대고 있는 안건은 일본과 상하이에 동시 오픈하는 커다란 살롱. 아마도 한 명의 미용사를 '국제적인 살롱 경영자라는 히어로'로 키우는 조건이었던 듯하다. 지난번에는 일본에서 이벤트가 열려 링링의 도움을 받고 싶었던 건데, 일정이 겹쳤던 모양이다. 다행히 '구내식당 점심 일주일치'를 조건으로 내걸자 링링은 상하이에서 일본으로 곧장 돌아와 주었다고 한다.

미야비가 "링링은 저래 봬도 대식가라고요"라고 투덜거리는 소리를 나는 요 며칠 동안 다섯 번은 들었다.

"뭐, 이 정도로 놀라면 안 됩니다. 우리 회사는 누가 뭐라 해도 정말 대단하니까요. 앗, 버스 정류장 발견!"

미야비는 버스 정류장을 향해 종종걸음으로 달려갔다. 나는 쿵쾅거리는 심장을 진정시키면서 그를 천천히 따라갔다.

"마침 일 분 뒤면 와요. 택시보다 빠른데 버스로 갈까요?"

미야비가 버스 시간표를 보면서 물었다.

"미안. 나, 버스를 싫어해."

나는 억지로 볼을 끌어올리며 웃었다.

"그래요?"

"금방 멀미가 나서. 그 냄새랑 흔들림이 싫어."

이마에 흐르는 식은땀도 모른 체했다.

"반고리관이 약한가 보네요."

"전철을 타도 괜찮을까?"

마음속에 질척한 것이 복받쳤다.

"당연히 괜찮고말고요. 전철은 괜찮아요? 택시는요?"

"응. 전철이랑 택시는 괜찮아. 버스만 안 좋아."

대답하면서 조금씩 작아지는 고동 소리를 미야비에게 들키지 않으려고 필사적으로 태연한 척했다.

"다른 건 괜찮다면 됐어요. 어쩔 수 없이 버스를 타야 하는 때는 별로 없으니까."

"그렇지."

그런 대화를 주고받는 사이 미야비가 타려던 버스가 우리 옆을 부웅 하고 지나쳐갔다.

"미야비입니다. 들어가겠습니다아."

똑똑 노크하자마자 미야비는 문을 열었다.

문이 열렸지만 오늘은 맹수 같은 소리가 들리지 않았다.

"실례합니다."

나도 미야비를 따라 방으로 들어갔다.

도조 선생님은 의자에 앉아 커피를 마시고 있었다.

머리도 그렇게 덥수룩하지 않다. 전광판 화면에 비치던 인물과 조금은 같은 사람으로 보였다.

"향기 좋네요."

객실 안은 커피의 향긋한 향으로 가득했다.

"마침 점심 식사를 막 마친 참이야. 자네들도 마시겠어?"

우리는 평소처럼 둥근 테이블을 둘러싸듯이 앉았다.

"선생님, 고대하시던 물건입니다."

미야비는 가져온 종이봉투를 거꾸로 들어 커다랗고 둥그런 테이블 위에 내용물을 쏟았다.

종이봉투 안에서 바스락바스락 소리를 내며 형형색색의 추억의 과자들이 테이블 위로 쏟아졌다.

"오오! 이거야, 이거! 구해왔군. 정말 기뻐."

선생님은 흥분해서 테이블에 가득한 과자를 하나하나 소중히 주워 올리며 확인했다.

나는 미야비가 시키는 대로 커피를 잔에 따르고 다시 자리에 앉았다.

선생님은 어린아이 같은 얼굴로 산더미같이 쌓인 전병과자를 일일이 들여다보며 환호성을 질렀다.

"이거, 오랜만이야. 나는 우유 전병과자를 특히 좋아해. 우와아, 연유도 들어 있잖아. 이걸 마음껏 먹는 게 어릴 때 꿈이었어."

"나는 우유 전병과자를 마요네즈에 찍어먹었어요."

"마요네즈 따위 잘못된 방법이야. 역시 우유 전병과자는 연유를 발라 먹어야지."

"잼도 있어요."

"아니, 이름이 우유 전병과자니까 역시 연유지. 그렇지 않으면 우유 전병과자에게 실례잖아."

"실례라니 너무하시네요. 난 딸기잼이 좋아요."

호스트 같은 미야비와 기운 빠진 아저씨 같은 도조 하야토. 완전히 다른 세계에 살 것 같은 두 사람이 즐겁게 대화하는 모습을 나는 신기한 기분으로 지켜보았다.

"슬슬 호텔에도 익숙해지셨어요?"

"내 집이 아니니까 역시 안정이 안 돼……."

도조 하야토는 처량하게 눈썹을 내려뜨리며 한숨을 쉬었다.

"그렇죠. 나도 근본적으로 섬세해서 베개가 바뀌면 못 잔다고요."

미야비는 농담으로밖에 들리지 않는 소리를 진지한 얼굴로 했다.

"난 베개는 아무래도 괜찮은데……."

도조 선생님도 쓴웃음을 지으며 대답했다.

오늘은 특별히 용건이 있었던 것이 아니라 그저 대화 상대가 필요했다고 한다.

"우유 전병과자를 먹으면 어릴 때 생각이 나. 이 얇은 우유 전병과자를 한 장 한 장 정말로 소중하게 먹었어. 따로 들어 있는 연유도 나한테는 엄청 귀한 것이었지. 소중하니까 조금씩 발라서 얇게 펴야 해."

도조 선생님은 연유를 얇게 발라 두 장을 겹쳤다.

"이걸 먹으면 바닷가가 떠올라."

"왜 바닷가인가요?"

나도 똑같이 연유를 발랐다. 우유 전병과자는 어릴 적 축제에서 먹고 처음이었다. 한입 베어물자 달콤하면서도 희미하게 느껴지는 추억의 맛이 마음을 간지럽혔다.

"나는 말이지, 작은 섬에서 자랐어."

도조 선생님은 먼 옛날을 떠올리듯이 실눈을 짓고 창문 너머로 먼 경치를 바라보았다.

"정말로 작고 작은 섬이었지. 오락이라 부를 게 거의 없었어. 딱 하나 있던 섬의 상점에는 전병과자가 진열되어 있었는데, 일주일에 한 번 용돈을 들고 전병과자를 고르는 게 가장 큰 즐거움이었지. 가게에서 매주 우유 전병과자를 샀어."

그는 우유 전병과자를 또다시 조금 베어 먹었다.

"놀 장소는 바다밖에 없었어. 우유 전병과자가 있을 때는 과자를 조금씩 베어 먹으면서 바닷가에서 노는 것이 즐거웠지. 하지만 밤에는 정말 지루했어. 밤마다 집에 겨우 몇 권 있던 만화책을 실제로 종이가 닳도록 읽었어. 그러다 대사를 전부 말할 수 있게 됐지. 그랬더니 이번에는 스스로 그 이야기의 뒷부분을 만들어보고 싶어졌어."

도조 선생님은 평소와 달리 말이 많았다. 나는 그저 묵묵히 도조 소년의 이야기에 귀를 기울였다.

"처음 만화를 그렸어. 초등학교 4학년 때였지. 바보 같지만 내가 그린 만화가 재미있었어. 그러다 이런 재미있는 만화를 독차지하면 안 되겠다고 생각한 나는, 내가 그린 만화를 학교에 가져가기로 했어."

도조는 지금까지 본 것 중 가장 구김살 없이 밝은 미소를 지었다. 마치 초등학생 시절로 타임 슬립한 것 같았다.

"그날의 일은 지금도 똑똑히 기억해."

도조 선생님은 계속 이야기했다.

"나는 히어로였지."

똑 부러지게 그렇게 단언한 눈동자는 반짝반짝 빛났다.

"다들 내가 그린 만화를 읽고 웃었어. 나를 둘러싸고 빨리 뒷얘기를 그리라고 졸랐어. 그만큼 재미있는 일은 없었지."

그 정경이 눈에 떠오르는 것 같아서 자연스레 내 표정도 밝아지는 것을 느꼈다. 문득 미야비를 보니 그도 역시 한결 부드러운 표정으로 도조 소년의 이야기에 귀를 기울였다.

"그날부터 나는 정신없이 만화를 그렸어. 정말로 잠자는 시간도 아까워하며 그렸어. 남몰래 좋아하던 여자애를 여주인공으로 삼기도 하고 말이지."

미야비가 "후훗" 하고 웃었다.

"역시 초등학생 시절은 다들 비슷한 생각을 하네요."

"나는 좋아하는 여자애를 괴롭혀서 어필할 수 있는 부류가 아니었으니까. '너무 닮으면 모두에게 들킬 거야'라며 쓸데없이 걱정하고, 콩닥콩닥하면서 좋아하는 아이의 그림을 그렸어. 그런 엉터리 그림으로 들킬 리가 없는데 말이지. 그 시절에는 정말 만화를 그리는 게 즐거웠어."

그러더니 손에 남은 우유 전병과자를 한입에 덥석 집어넣고 "역시, 연유야" 하고 미야비를 향해 씩 웃었다.

"다음에는 딸기잼도 가져올 거예요!"

미야비는 즐거운 듯이 깔깔 웃었다.

나는 도조 선생님의 이야기가 어쩐지 부러웠다.

"좋다……."

나도 모르게 마음의 소리가 바깥으로 튀어나와버렸다.

"거봐요, 슈지 씨도 잼이 먹고 싶은 거죠."

나는 쓴웃음을 지었다.

"아니, 그게 아니라……. 왠지 부러워서."

"뭐가요?"

나는 잠시 망설인 끝에 솔직히 이야기했다.

"선생님은 어릴 적부터 만화를 그리는 재능이 있었구나 싶어서요. 저는 뛰어난 재능이 하나도 없으니까……. 좋겠다 싶고, 부러웠어요."

"재능이라……."

도조 선생님은 안타까운 표정으로 새로 꺼내 든 우유 전병과자로 시선을 떨어뜨렸다.

아주 잠시 조용한 공기가 방 안에 흘렀다.

"태어날 때부터 재능이란 녀석이 보이면 다들 고생하지 않을 테죠."

미야비가 웬일로 차분한 말투로 말했다.

내 머리에 문득 그 말이 떠올랐다.

"날개를 달고 입에는 시가를 문 남자라거나."

"뭔 소리예요?"

미야비가 고개를 갸웃하며 나를 보았다.

"자네는 스티븐 킹을 좋아하나?"

도조 선생님이 바로 반응했다.

"그거 스티븐 킹의 말이지? 작은 자루를 든 뮤즈."

"그런 거였어요? 그러고보니 미치노베 씨도 그런 말을 한 적이 있었지."

나는 당연히 미치노베 씨가 생각한 말이라고 믿고 있었다.

"오호, 미치노베 씨도 스티븐 킹의 팬인가. 다음에 이야기해 봐야겠군."

미야비가 말했다.

"유명한 말이었군요. 몰랐어요……."

"유명하지는 않을 수도 있지만, 등에 날개가 달렸고 시가를 입에 문 남자는 내가 사는 동안 딱 한 번이라도 좋으니 만나 보고 싶은 신인 건 분명해."

마음이 내키면 자루 안에 들어 있는 마법의 가루를 인간에게 뿌려 영감을 준다. 분명히 미치노베 씨는 그렇게 말했다.

"아직 보신 적 없나요?"

말하면서 스스로도 이상한 질문이라고 생각했다.

"하하하. 아직? 글쎄……. 어쩌면 깨닫지 못한 사이 만났을

지도 모르고. 그랬다면 정말 좋겠지만……."

도조 하야토는 부드러운 눈길로 창밖을 내다보았다.

며칠 뒤 아침, 나는 휴대전화 소리에 반강제로 일어났다. 잠이 덜 깬 눈을 비비면서 액정을 보니 '도조 하야토 선생님'이란 글씨가 보였다. 허둥지둥 전화를 받았다.

"슈지 군! 미치노베 씨한테 연락이 되지 않아서."

다급한 도조 선생님의 목소리에 단숨에 잠이 달아났다.

"무슨 일이세요?"

"꼭 바꾸고 싶은 페이지가 있어. 담당 편집자는 지금 상태로도 괜찮다고 했지만, 그래도 도저히 안 되겠어. 앞으로 한 시간이면 다 그리니까 출판사까지 전달해줄 수 있나? 나는 오후 내내 집에서 취재가 있어서 움직일 수가 없어."

"알겠습니다. 담당 편집자에게 연락해보겠습니다. 선생님은 다른 생각하지 마시고 교체할 원고를 완성해주세요."

나는 침대에서 벌떡 일어나 옆에 있던 티셔츠에 머리를 집어넣었다.

역까지 달리면서 미야비에게 전화로 사정을 설명했다.

"알겠습니다. 내가 출판사에 연락할 테니까 역에서 만나 선생님 댁으로 가죠. 급행으로 가면 한 시간 안에 도착합니다."

미야비의 말대로 40분 후에 선생님 집 근처 역에 도착했다. 그러나 역에서 선생님 집까지는 제법 멀었다.

바로 택시 승차장에 멈춰 있는 택시로 다가갔다. 철컥 하고 뒷문을 연 미야비가 얼굴을 들이밀고 "니시마치 삼 가까지 몇 분 걸려요?" 하고 물었다.

"이 시간은 막혀서요. 여기는 버스가 많아요. 버스면 전용차선이 있으니까 그편이 빠릅니다. 어, 저기 저 버스를 타고 세 번째 정류장이에요."

바로 앞 터미널에 버스가 들어왔다. 망설일 시간은 없었다.

"타자."

나와 미야비는 택시 기사에게 인사를 하고 버스에 탔다.

겨우 세 정거장이라면 괜찮다.

나는 스스로를 그렇게 타일렀다.

승차하고 얼마 지나지 않아 얼굴에서 핏기가 가시는 게 느껴졌다.

"슈지 씨, 안색이 안 좋아요."

"응…… 괜찮아……."

"정말로 버스 싫어하는군요. 다음 정류장에서 내릴까요?"

"그러다 늦으니까……."

"슈지 씨, 진짜 얼굴이 장난 아니에요."

"괜찮…… 아……."

이마에서 땀이 줄줄 흐르고 눈에는 당장에라도 흘러내릴 것처럼 눈물이 고였다.

숨쉬기가 괴롭다.

"슈지 씨……."

미야비가 무슨 말을 하는지 더 이상 귀에 들어오지 않는다. 가슴이 답답하고 괴롭다. 공기를 들이마시기 위해 필사적으로 노력했지만 입만 뻐끔거릴 뿐 공기가 들어오는 느낌은 전혀 들지 않는다.

"슈지 씨……!"

미야비의 외침이 머릿속에서 윙윙 소용돌이치듯 들렸다.

'미야비, 괜찮아. 이제 곧 도착하니까 괜찮아. 나는 괜찮아.'

말로 하고 싶은데 도저히 목소리가 나오지 않는다.

괜찮다. 괜찮다. 괜찮다.

하지만 괴롭다. 숨을 쉴 수가 없다.

"……!"

미야비의 목소리가 아주 먼 곳에서 들리는 듯했다.

그리고 곧 눈앞이 캄캄해졌다.

정신을 차리자 눈앞에 새하얀 천장이 보였다.

"엇, 슈지 군. 일어났군."

일어나보니 침대 옆에는 미야비가 아니라 사장님이 있었다.

아아……. 나도 모르게 다시 눈을 감았다. 정식 채용은 물 건너갔군.

"아직 어지럽나?"

미리 말하지 않은 내 잘못이다. 나는 각오를 굳히고 다시 눈을 뜨고 천천히 몸을 일으켰다.

"이봐, 무리해서 일어나지 않아도 돼."

"이제 괜찮습니다. 폐를 끼쳐서 죄송합니다."

사장님은 입꼬리를 살짝 올리더니 가볍게 고개를 끄덕였다.

"이런 일이 전에도 있었나?"

더는 폐를 끼칠 수 없다. 나는 솔직히 대답했다.

"네."

"어떨 때 발작이 일어나는지 파악하고 있는 건가?"

"버스에 탔을 때입니다. 과호흡 증상이 일어납니다."

"다른 상황에서도 같은 증상이 나타난 적이 있나?"

"없습니다."

"원인도 알고 있는 건가?"

"……네."

"그런가……."

사장님은 흐음, 하면서 오른손을 입가에 댔다.

"숨겨서 죄송합니다."

"으음…… 엄밀히 말하면 회사에서 건강에 관한 질문은 하지 않았으니 숨긴 건 아니지."

"아뇨, 스스로 신고했어야 했어요. 폐를 끼쳐서 정말로 죄송합니다."

사장님은 고민하는 듯한 표정으로 살집이 있는 턱을 문지르더니, "으음" 하고 깊은 숨을 내쉬었다.

"이런 표현이 어울릴지 어떨지 모르겠지만……."

그는 조금 뜸을 들이더니 먼 곳을 보며 중얼거렸다.

"현대병이로군……."

그날은 혹시 모르니 병원에 입원해 있으라는 사장님의 지시를 받고 그 말에 따르기로 했다.

이제 극복했다고 생각했건만. 아니, 그렇게 생각하고 싶었을 뿐인가.

새하얀 천장을 가만히 응시하고 있자 볼 위로 또르르 눈물이 흘러 그대로 베개에 흡수되었다.

"한심하다……."

이런 남자가 히어로를 만들다니 우습기 짝이 없는 말이다.

휴, 하고 한숨을 쉬었다. 다시 처음부터 일을 구해야 한다.

다시 한 번 크게 한숨을 쉬고 몸을 벌렁 뒤치는데 드르륵 문 열리는 소리가 들렸다.

"아직 안 자요?"

가죽 부츠가 바닥을 때리는 익숙한 소리와 함께 기운 넘치는 목소리가 들렸다.

"……노크 정도는 해."

"안 잤네요."

미야비는 손에 든 편의점 봉지를 살짝 들어 올려 나에게 보여 주며 씩 웃었다.

"신작 나왔어요."

침대 옆에 있던 의자를 묻지도 않고 마음대로 끌어다 앉은 미야비는 편의점 봉지에서 작은 컵에 든 초콜릿 파르페와 캔커피를 꺼내 "완전 맛있어 보이죠?" 하며 기쁜 듯이 웃었다.

"슈지 씨는 설탕 안 든 커피죠."

미야비는 일회용 스푼의 비닐 포장을 뜯어 입에 물더니 천천히 몸을 일으킨 나에게 캔커피와 파르페를 내밀었다.

"슈지 씨, 그거 아세요? 캔커피는 일본인이 처음 만들었대요. 그 사람이 캔커피를 만들어주지 않았다면 우리는 언제 어디서든 커피를 즐기지 못했겠죠. 캔커피 만든 사람, 진정한 히어로예요."

미야비는 그렇게 말하더니 딱 하고 경쾌한 소리를 내며 캔커피를 땄다. 커피향이 훅 퍼졌다.

"맛있어! 이거 진짜 맛있어!"

캔에 붙어 있는 라벨을 진지하게 읽더니 "정말 엄청나게 진화했네요"라고 중얼거리면서 이번에는 초콜릿 파르페의 뚜껑을 열고 스푼으로 부지런히 초콜릿을 퍼서 입으로 가져갔다.

"아, 이 초콜릿 파르페도 꽤 괜찮네요. 고타니 제과……."

미야비는 라벨을 읽으면서 말했다.

"요즘 편의점 후식은 진짜 진화해서 감탄이 절로 나와요. 그리고 이 병원도 밥 꽤 맛있죠? 나도 먹은 적 있어요."

미야비는 초콜릿 파르페를 눈 깜짝할 사이에 먹어치우고 만족스러운 표정으로 캔커피를 홀짝였다.

"미야비도 입원 같은 걸 하는구나."

"그 말 칭찬인가요오?"

"칭찬 아니야."

고개를 숙이며 살짝 웃는 나를 발견했다. 일부러 더 밝게 행동하는 듯한 미야비의 모습에 기분이 한결 나아졌다.

제대로 털어놓아야 한다.

내가 미야비에게 눈길을 주자 미야비는 살짝 미소 지었다. 조금 전 사장님과 똑같은 표정이라 나도 모르게 쓴웃음이 나왔다.

"오늘은 번거롭게 해서 미안했어."

고개를 숙이는 나를 보고 미야비는 "잠깐만요, 새삼스럽게 왜 그래요" 하고 웃어넘겼다.

"원고, 어떻게 됐어?"

"그야 완벽했죠. 내가 누군데."

"고마워. 덕분이야."

"내 일을 했을 뿐이에요."

미야비는 평소처럼 실실 웃었다.

"미야비."

"뭡니까?"

이 이야기를 남에게 하기는 처음이다. 하지만 말해도 괜찮겠다는 생각이 들었다.

"잠깐 이야기를 들어줄 수 있을까."

미야비는 다시 한 번 입가를 살짝 들어 올리며 상냥하게 고개를 끄덕였다.

나는 이전에 한 금융회사에서 일했다.

근무 태도는 지극히 성실했다. 사내에 귀여운 애인도 있고, 좋은 동료들 덕에 순풍에 돛을 단 듯이 순탄한 회사 생활을 했다.

꾸준히 돈을 모아 1년쯤 뒤에는 애인과 결혼할 계획도 있었다. 퇴근하고 집에 오면 그녀가 반갑게 맞이해줄 날을 꿈꿨다. 단둘만의 신혼 생활을 즐기다가 멀지 않은 미래에 아이를 두 명쯤 낳고, 언젠가는 내 집도 장만하고…… 그런 당연한 꿈을 꾸었다.

1년 전, 그 생활이 180도 뒤집어졌다.

아침에 나는 평소처럼 출근을 위해 버스를 탔다. 출근 시간 버스는 대개 같은 사람들이 같은 곳에서 탄다.

나는 늘 서는 자리에 서서 왼손에 가방을 들고 오른손으로는 손잡이를 잡았다.

내리는 정류장까지는 15분. 종점에서 내려 지하철로 갈아타기 위해 역으로 향한다.

곧 내릴 때가 되어 손잡이를 놓고 몸을 돌렸을 때였다.

"이제 그만 좀 하세요!"

내 등 뒤에서 한 여고생이 외쳤다. 놀라서 돌아보자 그녀는 눈물이 괸 눈으로 나를 노려보고 있었다.

주변 승객의 시선이 일제히 나에게 쏠렸다.

"날이면 날마다, 더는 못 참아!"

세일러복을 입은 소녀는 분명히 나를 향해 외치고 있었다.

"이 사람, 치한이에요!"

소녀의 얼굴은 낯이 익었다. 늘 내 왼쪽에 서 있던 아이다. 나는 당황했다.

"아니야, 착각이야. 내가 아니야. 무슨 오해가……."

"다가오지 마!"

다가가려던 나를 보고 소녀는 뒷걸음질 치면서 우는 얼굴로 소리 질렀다.

버스 기사가 다가왔다. 그는 "아닙니다. 오해예요"라고 필사적으로 호소하는 나와 울먹이는 소녀를 버스에서 내리게 했다. 그러고 나서 역무실로 데려갔다.

나는 절대로 치한이 아니다. 하지만 증명할 방법이 없었다. 왼손에 가방을 들고 있었다고 호소해도 "가방을 들어도 만질 수는 있으니까요"라는 대답뿐만 아니라 "가방을 눈속임으로 쓰는 상습범은 많아. 가방이 닿았을 뿐이라고 발뺌하려는 속셈이지"라는 반응에 혐의가 더욱 짙어지고 말았다.

그렇다고 해서 여고생이 거짓말을 하는 것처럼 보이지도 않았다. 그녀는 정말로 겁먹은 것처럼 보였고, 줄곧 흐느끼고 있었다. 누가 보아도 그녀는 피해자고 나는 가해자였다.

어쩌면 모르는 새 정말로 가방이 닿지 않았을까 생각하기도 했다. 소녀는 허벅지가 아니라 오른쪽 엉덩이를 만졌다고 호소했다. 뒤쪽이었다. 그러나 가방은 내 다리에 딱 붙어 있었고 서 있던 위치를 생각하면 가방이 닿기 전에 가방을 든 내 손이 닿았어야 한다. 아무리 생각해도 바로 옆에 선 내 손이나 가방이 닿을 리가 없었다.

가능성은 둘 중에 하나. 하나는 소녀가 거짓말을 하고 있다. 개인적으로 이 여자아이에게 원한을 살 만한 기억은 없으니 그렇다면 목적은 돈이겠지. 또 다른 하나는 소녀가 성추행을 당한 것은 사실이지만 범인은 내가 아닌 다른 사람인 경우다. 그렇다면 진범의 범위는 상당히 좁혀진다. 소녀의 오른쪽, 또는 뒤쪽에서 오른쪽 엉덩이에 손이 닿는 위치에 있던 남자.

소녀의 태도로 추측건대 후자일 가능성이 크다고 생각한 나는 경찰에게 그렇게 말했다. 그러나 용의자가 하는 소리를 경찰이 믿어줄 리가 없다. 소녀가 추행당한 것은 우측 후방부. 오른쪽에 서 있던 내가 맨 먼저 의심받는 것은 어쩔 도리가 없는 상황이었다.

얼마 지나지 않아 소녀의 아버지가 달려왔다. 그는 도착하자마자 나를 힘껏 후려쳤다. 역무원이 서둘러 그를 말렸다.

한바탕 욕설을 퍼붓고 조금 진정한 소녀의 아버지는 "큰 소동을 부려 아직 어린 딸의 상처를 키우고 싶지 않다"며 나에게 합의를 제안했다.

대체 어쩌면 좋을지 판단이 서지 않은 나는 일단 회사에 연락해 사정을 설명했다. 신뢰하는 상사라면 분명히 나를 감싸줄 것이다. 동료들과 애인도 틀림없이 나를 믿어주고, 다들 나를 도와줄 것이다. 지푸라기라도 잡는 심정이었다.

회사의 제안은 명쾌했다. 그대로는 결말이 나지 않는다. 체포되어 전과가 생길 바에야 합의금을 내서라도 문제를 해결하면 어떻겠는가.

정신적으로 내몰려 정상적인 판단력을 잃은 나는 아무 생각도 하지 않고 그 지시에 따랐다. 회사가 나를 믿어준다고 생각했다.

설마 그 이튿날 해고 통고를 받을 줄 꿈에도 생각지 못했다.

돈을 주고 서류에 사인한 나는 세 사람에게 맞았다. 먼저 소녀의 아버지, 흐느끼는 내 애인, 그리고 얼굴이 벌게진 그녀의 아버지.

흐느껴 우는 그녀에게 맞았을 때, 나는 비로소 모든 것을 잃었다는 사실을 깨달았다. 그리고 그것을 막을 방법이 없다는 사실 역시 깨달았다.

결국 합의를 함으로써 스스로 치한 행위를 인정한 꼴이 되어 해고당한 것이다.

그러나 진짜 절망한 것은 그 뒤였다.

일주일 뒤, 사태는 급변했다. 진범이 체포된 것이다. 다른 사건의 치한 용의자로 잡힌 남자는 역시 내가 탔던 그 버스의 승객으로, 나에게 추행당했다고 한 여고생을 지속적으로 추행했다고 인정했다.

나는 환희했다. 이것으로 모든 것이 예전으로 돌아갈 줄 믿었다.

여자 친구도 그녀의 부모도 회사도 나를 의심한 것을 사과할 줄 알았다. 믿었던 상사는 "잘 참았어"라고 칭찬하고, 사이 좋은 동료들도 "힘들었지"라며 위로해주리라 믿었다. 나는 이전과 같은 생활로 돌아가는 것이 기뻐서 의심받은 사실이나 맞은 것도 전부 없던 일로 하려고 했다. 나를 믿지 않은 점은 충격이었지만 합의에 응한 나한테도 잘못이 있으니까. 그렇게 자신을 타일렀다.

나는 의기양양하게 상사에게 보고했다. 입사 시절부터 줄곧 신세 진 가장 믿을 수 있는 상사였다. 몇 번이나 전화해도 받지 않아서 메일을 보냈다. 범인이 잡혔고, 혐의가 풀렸으니 직장으로 복귀하고 싶다고. 상사 역시 메일로 답을 했다.

'힘이 되지 못해 미안하지만 한 번 해고된 사람을 다시 고용하기는 어려워. 꼭 복귀를 바란다면 인사과에 직접 연락해. 단 자네는 이미 죄를 인정했어. 복귀할 가능성은 한없이 적다. 더는 우리 회사와 엮이지 말고 새로운 길을 찾는 편이 자네를 위해 좋을 거야.'

메일을 보고 바로 전화했지만 역시 통화가 되지 않았다.

'합의에 응한 것은 회사의 지시 때문이었고, 진범이 잡혀서 제 억울함은 증명되었습니다'라는 내 메일에 답장은 끝내 없었다.

물론 여자 친구에게도 바로 연락했다. 전화번호와 메일 주소가 전부 바뀌어서 집까지 찾아갔다. 결과적으로 그녀와의 만남은 이루어지지 못했다. 대신에 부모가 나타나 "더는 엮이고 싶지 않다고 하네. 치한이 누명이든 아니든 상관 없어. 더 이상 따라다니면 스토커로 경찰에 신고하겠네"라며 내쫓았다.

나를 치한이라고 신고한 여고생의 부모는 합의 내용에 접근금지가 포함되어 있었기 때문에 만나러 갈 수조차 없었다.

하지만 며칠 뒤에 그 여고생 본인과 우연히 버스에서 마주치고 말았다. 무슨 운명의 장난인지 지금까지 단 한 번도 만난 적 없던 저녁 시간대 버스에 같이 타게 되었다.

그녀는 내가 탄 것을 알아채고 비명을 지르며 얼굴을 가리더니 결국 울음을 터뜨렸다.

승객의 시선이 일제히 나에게 쏠렸다. 그날의 일이 머릿속에 선명하게 떠올랐다.

어째서…… 나는 아무 죄도 없는데. 진범도 잡혔잖아.

어째서, 어째서 아무도 나를 믿어주지 않는 거야.

어째서 아무도 나를 도와주지 않는 거야.

내가 어떻게 해야 사람들이 나를 믿어주지?

땀과 눈물이 동시에 넘쳐흘렀다. 그 순간 버스 안 공기가 얼어지는 듯한 느낌이 들었다.

가슴이 답답하고 목소리가 나오지 않아서 나는 도망치듯이 버스에서 내렸다.

정신을 차리고보니 집에 돌아와 있었다. 어떻게 돌아왔는지 기억이 나지 않았다.

이튿날 역으로 가기 위해 버스에 타자 승객들의 시선이 나에게 쏠리는 듯한 기분이 들었다. 이런 시간대에 버스를 탄 적은 없다. 다들 나를 모른다. 그렇게 스스로를 타일러도 사람들의 시선에 노출된 듯한 느낌은 사라지지 않았다. 기사도 흘끔 흘끔 나를 보는 것 같았다.

나는 버스 좌석에 앉아 얼굴을 감추려고 고개를 숙이고 몸을 작게 웅크렸다.

다음 순간, 버스 안 공기가 희박해지는 듯했다.

가슴이 답답하고 숨을 제대로 쉴 수 없었다.

숨을 들이마시려고 입을 열어도 금붕어처럼 뻐끔뻐끔거리기만 할 뿐 몸속에 산소는 전혀 들어오지 않았다.

괴롭다…….

도움을 요청하려 해도 목소리가 나오지 않는다.

다음 정류장에서 버스가 멈추자 나는 거의 굴러떨어지듯이 내려 조금 떨어진 곳에서 쓰러졌다.

버스는 아무 일도 없었다는 듯이 그대로 떠나갔다.

그 이튿날, 버스 정류장에 가까워질수록 심장이 쿵쾅거렸다. 버스에 타려고 문에 다가간 것만으로도 폐에 구멍이 난 것처럼 숨을 들이쉴 수 없었다.

허둥지둥 서 있던 줄에서 벗어나 버스에서 멀찍이 떨어졌다. 버스는 어제와 마찬가지로 나를 남기고 떠나갔다.

그리고 다시 이튿날, 마침내 버스 정류장만 보아도 다리가 떨리는 지경이 되었다. 다가갈수록 시야가 흐려졌다. 눈에는 나도 모르는 새에 눈물이 고였다.

빠른 걸음으로 버스 정류장을 향해 가는 사람들 속에서 나만 홀로 멈추어 섰다.

내 옆을 버스가 부웅 하고 지나갔다.

그 다음 주에 나는 정들어 살기 좋은 거실과 부엌이 딸린 아파트를 버리고 옆 도시로 이사했다. 아무도 나를 모르는 도시로 가고 싶었다.

세 평짜리 싸구려 원룸에 살며 근처 편의점에서 아르바이트를 구하고, 인생을 다시 시작했다.

그 뒤 몇 번인가 버스에 타보았지만 역시 마찬가지로 숨을 쉴 수 없는 상태에 빠졌다. 그런 일이 지속되었지만 병원은 무서워서 가지 못했다.

무슨 영문인지 버스에만 가까이 가지 않으면 발작 같은 것은 일어나지 않아서, 역에서 가까운 새 집에서는 특별히 불편을 느끼지 않고 지낼 수 있었다.

그 뒤로는 줄곧 버스를 피하며 살아왔다.

"아무리 그래도 지금쯤이면 나았을 거라고 생각했는데, 내가 물렸어."

스스로 생각한 것보다 뿌리가 깊었던 모양이다.

힘없이 웃는 내 옆에서 미야비는 입을 다물고 있었다.

그 사건 이후 줄곧 마음속은 질척질척한 것으로 가득했다.

누구의 잘못인가.

범인을 착각한 여고생? 오해를 살 만한 곳에 있던 나? 성추행한 진범? 합의에 응하라고 한 회사? 누명을 인정해버린 나? 믿어주지 않은 여자친구? 진범이 잡혔는데도 아무런 조치를 취해주지 않은 회사? 누명인 것을 알고도 만나주지 않은 여자친구? 역시 처음에 착각한 여고생?

나는 다람쥐 쳇바퀴를 돌 듯 마지막 대답에 이르기를 거부했다.

사실은 알고 있었다.

"가장 큰 문제는 처음부터 끝까지 누구의 신뢰도 받지 못한 나 자신에게 있었어."

흘끔 보자 미야비가 슬픈 눈으로 나를 바라보고 있었다.

내가 어떻게 해야 사람들이 믿어주지?

아직까지 그런 생각이 마음속에 남아 있었다.

"하지만 그 일을 인정하고 싶지 않아서 줄곧 알아채지 못한 척했어."

인정하기가 무서웠다. 지금까지 자신의 인생을 전부 부정해 버리기가 두려웠다.

그 뒤로는 오로지 착실하게, 남의 눈에 띄지 않고 누군가에게 미움받지 않도록 신경 쓰며 살았다.

"아니에요."

한참 말이 없던 미야비가 입을 열었다.

"슈지 씨가 신용 받지 못한 것이 아니에요. 슈지 씨 주변 사람들은 다들 생각하기를 포기한 거예요. 인간은 휩쓸리는 동물이죠. 생각하기를 포기하고 의견이 많은 쪽으로 흘러가요. 그러는 편이 편하니까요. 슈지 씨의 예전 애인도 상사도 다들 휩쓸린 거예요. 인간은……."

미야비는 뭔가 삼키듯이 말을 끊더니 잠시 입을 다물었다.

그러고는 다시 고개를 들고 나를 보았다.

"인간은 생각하기를 포기한 순간, 인간이 아니게 됩니다."

그 눈빛에 나는 철렁했다. 다른 사람 같은 미야비가 그곳에 있었다.

마치 정말로 인간이 아닌 사람을 본 적이 있는 듯한 말투다.

분위기에 눌려 침묵하는 나를 보고 미야비는 "나도 가끔은 착실한 소리를 한다고요"라며 평소처럼 웃었다. 나는 여전히 두근거리는 심장 소리를 숨기고 살짝 웃었다.

"치한 누명 같은 건 복권에 당첨될 확률이야. 안 좋은 쪽으로 일이 일어났으니까, 앞으로는 복권에 당첨될 확률의 좋은 일이 일어나지 않을까 생각하려고. 실제로 삼 퍼센트 안에 들어갔으니 아예 틀리지 않았던 건가."

미야비는 미소를 지은 채 코를 찡긋하며 말했다.

"슈지 씨는 강하네요."

그 말이 내 마음속에 축축하게 남아 있던 무엇인가를 따뜻하게 덥혀주었다.

"지난번 일은 정말로 죄송했습니다."

본사의 최상층 가장 안쪽에 위치한 사무실에서 나는 90도까지 허리를 굽혔다.

"응? 오늘은 정장이야? 도조 선생을 맡은 사람은 대부분 정장을 입지 않는데."

사장님은 평소와 다름없는 모습이었다.

"오늘은 사장님께 인사를 드리려고……."

나는 고개를 숙인 채 말했다.

"면접시험이라고 하면 왜 다들 정장을 입고 올까."

"네?"

나도 모르게 고개를 들고 사장님을 쳐다보았다.

"슈지 군, 면접 날에는 편한 차림으로 왔었지?"

"네……."

사장님의 의도를 알아차리지 못한 채 허리를 폈다. 그는 평소 버릇처럼 손으로 턱을 쓰다듬으며 고개를 갸웃했다.

"그거 말이야…… 어째서 다들 면접 때 정장을 입고 오는 걸까. 슈지 군은 왜 편한 차림으로 왔지?"

"아…… 전화로…… 활동하기 편한 복장이면 된다고 하셔서……."

"그렇지. 모두에게 그 말을 했거든? 하지만 대부분 정장을 입고 왔어. 난처하네. 어떻게 하면 다들 면접 때 편한 차림으로 올까."

"음…… 모집란에 면접 땐 편한 차림으로 오도록 명시한다거나……."

"그러면 정말로 편한 차림으로 올까? 게다가 그런 소리를 적으면 수상한 회사라고 생각하지 않겠어?"

사장님, 지금도 충분히 수상해요. '히어로는 당신이다!'처럼 사기 사이트 같은 문구도…….

"괜찮지 않을까요."

"슈지 군, 비키니 좋아해?"

"네?"

나도 모르게 큰 소리가 나와버렸다.

"러버즈비라는 브랜드 알아?"

"아뇨……."

"안 되겠네. 그래서는 인기 없을걸?"

"죄송합니다……."

"농담이야. 내가 지금 가장 힘쓰는 브랜드지."

"그랬군요! 미처 파악하지 못 해 죄송합니다."

나는 실수한 것 같아 눈썹을 찡그렸다.

"비키니가 얼마나 하는지 아나?"

"으음, 오…… 칠천 엔 정도……?"

"안 되겠어, 슈지 군. 그래서는 인기 없어."

"죄송합니다……."

사실을 너무 여러 번 말하지 않았으면 좋겠다.

"우리 딸이 중학생 때 처음 산 수영복이 만 칠천 엔이었어."

"그렇게나 비싸군요!"

나는 놀라서 소리쳤다.

"그래도 싼 편이었다고. 깜짝 놀랐지. 게다가 바다에서 입는 후드티랑 비치 샌들을 전부 합했더니 삼만 엔쯤 했어. 너무 비싸잖아! 진짜 깜짝 놀랐지! 그래서 외국의 값싼 수영복을 일본에서도 살 수 있게끔 해야겠다 생각했지. 귀여운 비키니를 입은 아이들이 바닷가에 늘어나면 슈지 군도 기쁘겠지?"

"그, 그렇겠죠……."

솔직하게 대답해도 될 상황인지 잠시 망설이고 말았다.

사장님은 신경 쓰지 않고 계속 말했다.

"여자아이는 귀여운 수영복을 싸게 살 수 있어 기쁘고, 남자는 귀여운 수영복을 입은 여자아이가 늘어서 기쁘지. 다들 행복해. 그렇게 생각하지 않나?"

"네……."

"외국에 매입하러 가보니 비키니를 위아래 따로따로 팔더라고."

"네에……."

"바다에서도 형광색 같은 컬러풀한 비키니를 위아래 따로따로 입기도 하지. 그게 정말 멋지더라고. 일본에서는 위아래 따로따로 비키니를 입은 아이는 거의 본 적이 없으니까 충격이었어. 애초에 위를 입지 않은 사람이 많았던 건 더 충격이었지만."

그거 혹시…….

"누드 비치였던 거 아닌지……."

"맞아! 나중에 그런 해변이 있다는 걸 알았어. 엄청나게 충격이었어."

사장님은 "하하하" 하고 호쾌하게 웃었다.

"하지만 더 충격을 받은 건 거기에 일본인 여성이 있다는 사실이야."

놀란 얼굴을 한 나에게 사장은 눈을 동그랗게 뜨고 말했다.

"말도 안 되지? 상반신을 노출한 채 바닷가에 있다니. 하지만 물어보니까 외국이라 괜찮대. 주변 사람이 다들 안 입으니까 신경 쓰지 않는다고."

"그 여성에게 말을 거셨군요……."

용케 신고당하지 않았군.

"아니야! 슈지 군, 지금 나를 경멸하는 눈빛으로 봤지?"

"아닙니다!"

표정에 티가 났나 싶어 나는 허둥지둥 고개를 내저었다.

"아무래도 그 자리에서 말을 거는 건 스마트한 행동이 아닌 것 같아서 그녀들이 옷을 입고 돌아가기를 기다렸다가 쫓아갔다고."

그건 그거대로 훨씬 더 스토커 같은데요…….

"그렇다면 괜찮겠네요."

나는 억지 미소를 지었다.

"하지만 처음에는 엄청 불쾌한 듯한 눈빛으로 보더라고."

역시.

"비명을 지르지 않아서 다행이네요"라고 말한 뒤에 흠칫 놀랐다. 마음속 목소리가 실수로 입 밖에 나와버린 거다. 하지만 사장님은 내 발언 따위 신경 쓰는 기색도 없이 말을 이었다.

"외국에 가면, 아니 가지 않아도 되지만."

"네."

들리지 않았나. 나는 속으로 '다행이다'라고 생각했다.

"일본에 여행 오는 외국인을 봐도 말이야, 달랑 티셔츠 차림이 많잖아. 가을이든 겨울이든, 혼자 인내심 대회라도 하나 싶을 정도로 티셔츠랑 반바지만 입기도 하고. 춥지 않나? 그렇게 생각하지 않아?"

"네에……."

이번에는 대체 무슨 이야기일까.

"나는 처음에 짐이 많아지는 게 싫어서 추운 걸 참나 했어. 그런데 애초에 일본인과는 체감 온도가 다르다더군."

"그런가요."

"그러니까 단순히 체감온도에 맞춰 편한 옷을 입을 뿐이야. 합리적이지."

"네에……."

나는 바보처럼 입을 반쯤 벌린 상태였다.

"무슨 말이 하고 싶냐면 말이지."

사장님은 얼쩡얼쩡 걷던 발을 갑자기 멈추었다.

"일본인은 복장을 포함해 주위를 아주 신경 써. 주변과 똑같은지 아닌지를 신경 쓰는 거지. 추워도 더워도 참으며 주변에 맞춰버리는 거야. 그 복장이 합리적인지 아닌지는 생각하지 않지. 그러니까 면접 때는 무슨 말을 들어도 정장을 입고 온다고. 그게 정답이라고 생각하는 거지."

사장님은 손으로 턱을 만지며 고개를 위아래로 끄덕였다.

"대강 알았네. 고마워, 슈지 군."

"아, 아뇨. 힘이 되어드리지 못 해 죄송합니다. 좋은 제안도 하나도 하지 못하고."

아무래도 사장님의 의문은 해결된 듯하다.

"이야기를 들어주는 것만으로도 고마운 일이야. 슈지 군은 나한테 아부를 별로 안 하니까 이야기하기 편해. 뭐, 우리 회사에서 나에게 아부 떠는 사람은 없지만. 군기 잡고 '알겠습니다!' 같은 대답을 들으면 좀 질리지 않아? 나는 이과니까. 운동선수 같은 반응은 거북하단 말이지."

"저도 이해합니다. 저는 문과지만 굳이 따지자면 그런 반응을 좋아하지 않는 편이라……."

대체 나는 지금 사장님과 무슨 대화를 하고 있는 걸까.

사죄와 정식 채용을 사퇴하러 왔는데 웃는 얼굴로 잡담을 나눌 때가 아니지 않나. 입을 열자마자 사과할 생각이었는데 어디서부터 이렇게 꼬인 것인가.

"앗, 그러고 보니 슈지 군. 늦었지만, 이것 받게."

사장님이 작은 상자를 내밀었다.

"이건……?"

"명함이란 게 인쇄하는데 은근히 시간이 걸리거든. 드디어 나왔어."

놀라서 작은 상자를 열자 그 안에는 내 이름이 인쇄된 명함이 들어 있었다.

'다나카 슈지'라는 이름 옆에는 도조 선생님이 지난번에 그려준 일러스트가 들어 있었다.

그리고 그 캐리커처 옆에는 말풍선으로 '특징 없는 얼굴과 이름이라 죄송합니다'라는 대사가 있었다.

"도조 군이 디자인해주었어. 스페셜이지. 디자인 비용은 회사의 입사 선물일세."

가슴이 뜨거워졌다.

"사장님, 저…… 혹시 또 폐를 끼칠 가능성도……."

"버스만 안 타면 되지? 별로 큰 문제도 아니야."

"하지만……."

"도조 군이 만들어 준 명함을 헛것으로 만들 수는 없잖아?"

나는 손바닥에 있는 명함을 가만히 응시했다.

"인사가 늦었지만, 노미야 긴지로입니다."

사장님이 허리를 숙이며 자신의 명함을 내밀었다.

나는 허둥지둥 내 명함을 꺼내 "다나카 슈지입니다"라며 사장님께 내밀었다.

사장님은 내 명함을 받아들고 "그럼 앞으로 잘 부탁하네"라며 씩 웃었다.

"……네. 잘 부탁드립니다."

다시 내 명함을 들여다보는데 캐리커처가 어쩐지 부옇게 보였다.

다들 모여 있는 사무실로 돌아가자 미치노베 씨가 소리도 없이 다가왔다.

"이야기는 어떠셨습니까?"

나는 웃는 얼굴로 미치노베 씨를 마주 보았다.

"사장님과 뭔가 닮았다고 생각했는데 드디어 알았어요."

"뭐지요?"

미치노베 씨도 평소처럼 미소 지었다.

"도라에몽요."

미치노베 씨는 순간 눈을 동그랗게 떴다.

"그것참, 사장님이 들으시면 분명히……."

그는 웬일로 환하게 웃으며 나를 보더니 한쪽 눈을 살짝 감았다.

"기뻐하실 겁니다."

나는 머릿속으로 '나도 언젠가 이렇게 자연스럽게 윙크하고 싶다' 같은 태평한 생각을 했다.

STEP_03
성공으로 가는 지름길

약속 시간은 아직 5분 남았다.

사무실 문을 열자 벌써 안쪽 소파에는 의뢰인으로 보이는 여성의 뒷모습이 보였다.

"죄송합니다, 기다리셨죠."

서둘러 그녀 앞으로 돌아가 고개를 깊이 숙이면서 명함을 건넸다.

"히어로즈의 다나카 슈지입니다."

의뢰인은 다리를 꼬고 소파에 앉은 채 명함을 받으며, 커다란 선글라스를 천천히 벗었다.

그 얼굴을 보고 나도 모르게 소리를 지를 뻔했다.

의뢰인은 바로 한창 인기 있는 청순파 젊은 여배우, 다사키 마이였다.

"나랑 놀아줘."

"네?!"

"주위 사람들에게 절대로 들키지 않게끔 이 주 동안 나랑 놀아 줘."

다사키 마이는 무슨 이유인지 무척 불쾌한 얼굴로 말했다.

"이 사무실은 어째서 엘리베이터가 없는 거야?"

다사키 마이는 먼지를 흩날리며 한 걸음 한 걸음 계단을 밟아 내려갔다.

"죄송합니다…… 보시다시피 오래된 건물이다보니……."

"너무 낡았어. 난간도 잡을 수가 없잖아."

다사키 마이는 먼지로 까매진 손바닥을 힐끗 보고는 나를 째려보았다.

"걷기 편한 신발을 신고 오라더니, 전화로 이상한 소리를 한다 했어."

우리는 사무실에서 그리 멀지 않은, 외지고 어둑한 분위기의 카페에 도착했다. 비밀 장소 같은 카페에 들어가고 나서야 한숨 돌릴 수 있었다.

"되도록 인상에 남지 않는 사람으로 부탁했어."

아이스티를 마시면서 다사키 마이는 퉁명스럽게 말했다.

"히어로가 되고 싶은 것입니까?"

"히어로 따위 벌써 옛날에 됐어. 아니, 헤로인인가."

그녀는 진지한 얼굴로 말하더니 따분함을 달래듯이 다 마신 잔 속의 얼음을 빨대로 달그락달그락 휘저었다.

"그러니까, 일반인처럼 놀고 싶어. 평범하게 쇼핑을 하거나……, 요즘 유행하는 아메리칸 파이 가게도 아직 가보지 못했어. 세 시간 동안 수다 떨며 줄을 선 뒤 설탕 덩어리 같은 파이를 칼로리 따위 신경 쓰지 않고 먹는 거지."

다사키 마이는 그렇게 말하면서 물잔을 들었다. 목이 꽤나 말랐던 모양이다.

"데이트 코스로 유명한 불빛 축제를 보고, 휴대폰 카메라로 사진을 찍고, 추우면 캔커피로 양손을 녹이면서 걷는 거야."

"지금은, 아직 여름이에요……."

"이 회사, 뭐든 해준다며? 그럼 눈이라도 내리게 해보라고."

"아무리 그래도 그건 좀……."

내가 쓴웃음을 짓거나 말거나 개의치 않고 다사키 마이는 거침없이 떠들었다.

"불편해 죽겠어. 온 도시 사람들이 카메라맨처럼 휴대전화 카메라를 들이대고 있다고. 게다가 업계인이 아니니까 오히려 더 질이 나빠. 암묵적 룰이고 뭐고 통하지 않으니까. 잘못 찍혔든 생얼이든 관심없지. 눈 깜빡할 사이에 전 세계로 발신."

"구체적으로 제가 어떻게 하면 될까요……?"

"당신의 그 존재감 없는 오라로 나를 감싸서 일반인 속에 녹아들게 해줘."

그것도 무리한 요청이라고 생각했다. 스니커즈를 신고도 팔등신은 되어 보이는 스타일, 얼굴을 가릴 정도로 챙이 넓은 모자에 선글라스. 어디서 어떻게 보더라도 일반인으로는 보이지 않는다.

"아무튼 먼저 그 아메리칸 파이 가게에 가볼까요."

사진을 찍히지 않도록 나는 다사키 마이보다 조금 뒤에서 걸었다.

그녀는 한참 걷다가 갑자기 멈춰 서더니 길가에 있는 애완동물 가게를 바라보았다.

아직 어린 강아지가 아장아장 걸어와 유리 케이스에 앞발을 걸치고 지나가는 사람들을 흥미롭게 보고 있다.

"귀엽네요. 강아지 좋아하세요?"

나는 주위 사람들에게 들리지 않도록 작은 목소리로 그녀에게 물었다.

"강아지는 좋아해. 하지만 애완동물 가게는 정말 싫어."

"그러세요……."

어려운 사람이구나. 앞날이 걱정된다.

"그래서 어떻게 됐어요?"

미야비는 생글생글 미소를 지으며 물었다.

"줄을 설까 했지만 역시 차림이 너무 화려해서 포기하고, 그 다음엔 스카이트리에 올라가고 싶다고 해서 가보니까 사람이 너무 많아서……. 결국 스카이트리 주변에서 우왕좌왕했더니 화가 나서 돌아갔어."

미야비는 깔깔깔 웃었다.

"계속 뚱해 있는 데다 독설까지 퍼붓고, 이제 지쳤어. 그런 사람인 줄 몰랐어."

텔레비전에서는 청순한 척 점잔을 빼며 더없이 나긋나긋하게 웃었으면서.

다사키 마이에 대한 나의 호감도는 땅을 기고 있었다. 하지만 상대방도 똑같은 생각이겠지.

"몇 번이나 '쓸모없어!'라는 호통을 들었는지."

"다사키 마이가 욕을 해주다니 행운아네요."

미야비는 여전히 생글거리고 있다.

"나는 상냥한 여자가 좋아!"

내일도 아침부터 '데이트'가 아닌 '접대'가 예정되어 있다. 아무리 그래도 조금은 공부해두려고 돌아가는 길에 서점에 들렀다.

데이트 장소가 잔뜩 실린 잡지와 그 뒤에 『인기인이 되기 위한 비법』이라는 잡지를 숨겨 들고 계산대 앞에 섰다. 내 차례가 되자 계산대의 귀여운 점원이 잡지를 휙 뒤집었고, 그 바람에 나는 『인기인이 되기 위한 비법』의 표지 모델인 중년 남성의 시선을 정면으로 받아야 했다. 결국 고개를 푹 숙이고 계산을 마쳤다.

이튿날, 날씨는 맑았다.

나는 다사키 마이에게 메시지로 굳이 선글라스를 쓰지 말고 안경을 쓴 뒤 양산을 가져오라고 했다. 그리고 모자가 아닌 쇼트커트 가발을 쓰고 오라고 주문했다. 복장은 몸매를 감추는 롱스커트와 팔이 타지 않도록 UV컷의 긴소매 후드티를 걸치라고 했다.

이런 충고는 어제 미야비가 해주었다. 가발도 미야비가 준비한 것을 오토바이 퀵 서비스로 전했다. 인상을 바꾸려면 머리 모양을 바꾸는 게 제일 좋다고 미야비는 자신만만하게 말했다.

약속 장소에 나타난 다사키 마이를 보고 나는 깜짝 놀랐다.

그녀의 트레이드마크이기도 한 검은색 긴 머리가 갈색 숏헤어로 바뀌었을 뿐인데 인상이 확 달라졌다. 이러면 확실히 다사키 마이로 보이지 않을 것이다.

다른 아이템 효과도 어우러져 다사키 마이는 일반인에 뒤섞였다. 그중에서도 양산은 낮게 들면 자연스럽게 얼굴을 숨기기에 더없이 좋은 아이템이라고 미야비가 추천했는데, 확실히 그랬다.

그러나 다사키 마이는 어제보다 더 심하게 불쾌해하는 것처럼 보였다.

아메리칸 파이 행렬에 서 있는 동안 그녀는 줄곧 뾰로통해서 스니커즈를 신은 발로 쿵쿵 땅을 굴렀다.

"믿기지 않아. 정말로 세 시간이나 기다릴 셈이야?"

자기가 줄 서고 싶다고 했으면서……. 나는 어쩔 줄 몰라서 그저 빨리 자리가 비기를 기도했다.

기도가 통했는지 두 시간 반 뒤, 드디어 자리로 안내받았다.

"나가사와 감독이 새 영화를 찍어."

다사키 마이는 메뉴를 보면서 말했다.

"반드시 주연을 따내고 싶어."

"알겠습니다. 그게 당신의 의뢰군요?"

"아니야. 서두르지 마."

그때 웨이트리스가 주문을 받으러 왔다. 우리는 가장 인기 있는 체리 파이와 아이스커피를 각자 주문했다.

"역할은 오디션으로 결정돼."

웨이트리스가 가고 다사키 마이는 멋들어진 디자인의 물잔을 들고 목을 축였다.

"이렇게 인기가 있는데도 여전히 오디션을 보는군요."

"보통은 하지 않지. 소속사가 일을 잡아오니까. 하지만 이번에는 오디션을 봐야 해. 소속사의 힘 따위 관계없어. 나가사와 감독의 눈에 드느냐, 오로지 그게 다야."

"그래서 저는 무엇을 하면……."

"나한테 뭐가 부족한지 말해줘."

그녀의 진지한 표정에 압도당해 나도 모르게 말문이 막히고 말았다.

"부족한 것…… 뭘까요……."

"똑바로 말해."

"정말로 몰라요. 지금의 당신은 이렇게, 뭐라고 하지, 엄청 눈부실 정도로 반짝이니까요. 부족한 것을 물어도 솔직히 생각도 안 나요."

"그래……."

아이스커피가 나왔다. 커피를 마신 그녀는 짧은 순간이지만 살짝 눈살을 찌푸린 것 같았다.

"나는 알 것 같아."

"뭐죠?"

"평범한 감각."

"평범한……."

"열두 살 때 이 세계에 들어와 단역 시절을 거쳐 여기까지 왔어. 동세대 연기자 중에서는 연기도 뒤지지 않는다고 생각해. 하지만……."

"하지만……?"

"고등학생 때 가장 바빴어."

"학교드라마에 나오셨죠?"

"맞아. 그 드라마가 히트한 덕에 순조롭게 인기 배우 군단에 합류했지."

"정말로 잘 시간도 없이 바빴겠군요."

"그러니까 몰라. 평범한 고등학생의 생활을 모른다고. 보통 대학생이 뭘 하는지도 모르고, 구직 활동의 괴로움이나 내 또래 신입 사원이 어떤 심정으로 일하는지도 전혀 몰라."

"평범해져야겠다고 생각하는 것 자체가 벌써 평범하지 않아요."

"하지만 그걸 표현하는 게 연기자 아닌가? 나는 하고 있다고 생각해. 하지만 역시 뭔가 부족해. 나는 겨우 파이를 위해 세 시간이나 줄을 설 생각은 못 하니까. 애완동물 가게도 보통 여자애들은 엄청 좋아하잖아? 돈이 부족해서 사고 싶은 옷을 포기하는 경험도 벌써 몇 년은 하지 않았어. 전부 수중에 들어와. 그러니까 파이 하나에 세 시간을 줄 서는 마음을 알고 싶어. 세 시간 동안 계속 두근거릴 수 있는 그 순수한 마음이 필요해."

그때 막 구운 체리 파이가 나왔다. 옆에는 바닐라 아이스크림이 곁들여 있다.

체리 파이를 한입 먹고 다사키 마이는 조금 놀란 표정을 지었다.

"생각보다 맛있네……."

"두 시간 반 기다렸던 보람이 있나요?"

"응……."

그렇게 중얼거리더니 그녀는 열심히 파이를 먹었다.

눈 깜짝할 사이에 접시를 비우고 아이스커피 잔을 들었다.

그리고 잔을 든 채 잠시 멈추었다.

"왜 그러세요?"

"사실은 블랙커피도 싫어."

그렇게 말하더니 다사키 마이는 잔을 테이블에 다시 내려놓았다.

"아, 시럽이랑 크림 넣으세요?"

"카페라테가 좋아."

"그런가요……."

그러면 어째서 주문하지 않았을까.

"하지만 카페라테는 우유가 들어가니까 칼로리가 높아. 블랙이라면 거의 제로 칼로리고."

그런 거였군.

"다이어트인가요? 지금도 충분히 말랐는데요."

"다이어트 같은 게 아니야. 일 년 내내 그렇게 한다고. 조금이라도 칼로리를 줄이려고. 오늘은 신경 쓰지 않고 좋아하는 걸 먹을 생각이었는데…… 버릇대로 이걸 주문해버렸어."

다사키 마이는 분하다는 듯이 눈살을 찡그렸다.

체리 파이를 실컷 즐긴 우리는 다시 바깥으로 나와 정처 없이 걸었다.

"어디 갈까요……."

결국 의뢰는 뭘까. 평범한 감각을 얻기 위해 평범한 생활을 경험하고 싶다고 해도 대체 그녀가 원하는 평범함이 뭔지 모르겠다.

"사람이 많은 곳."

"그건 위험해요……."

"들키지 않게 하는 게 당신 일이잖아?"

그야 그렇지만…….

나는 남몰래 한숨을 쉬고 다음 장소를 제안했다.

오다이바로 가려고 역으로 걷다 보니 늘 지나던 교차로에 이르렀다. 전광판에는 오늘도 역시 『톤 앤 톤』 광고가 나오고 있었다.

도조 선생님은 잘 지내시나. 전광판 속에서 어색하게 웃는 그를 보면서 횡단보도를 가로지르는데 문득 전봇대에 붙은 종이가 눈에 들어왔다.

"왜 그래?"

다사키 마이가 갑자기 멈춰 선 나에게 물었다.

"아뇨…… 요즘 세상에 신기하다 싶어서요."

'이 손수건의 주인을 찾습니다'

개인 정보 보호를 부르짖는 가운데 고작 손수건 주인을 찾기 위해 전화번호까지 적은 종이를 전봇대에 붙여놓다니. 흘린 물건을 주운 것일까. 어지간히 특별한 손수건이었나.

"정말이네. 전화번호까지 적혀 있어."

"어디에나 특이한 사람은 있으니까요."

그때는 그 이상 생각할 것도 없이 역으로 향했다.

"배우는 굉장하네요."

오다이바의 관람차 안에서 친해지기 위해 적극적으로 그녀에게 말을 걸었다.

"뭐가?"

다사키 마이는 나에게 눈길 한번 주지 않고 바깥 경치를 내다보았다.

"자신만이 할 수 있는 일이잖아요."

"누구든 할 수 있어. 타석에 서서 홈런을 치라는 게 아니니까."

다사키 마이는 쌀쌀맞게 대꾸했다.

"저는 못 합니다. 카메라 앞에서 웃거나 울라고 해도 홈런을 치는 거나 마찬가지로 어려워요."

"죽을 각오면 서툴면 서툰 대로 할 수 있어. 다만 죽을 각오를 해도 인기를 얻지 못 할 뿐이지."

"하지만 인기를 얻었잖아요. 그러면 프로 운동선수와 똑같이 나밖에 하지 못 하는 일이에요."

"그럴까. 내가 내일 은퇴해도 아무 일 없었던 것처럼 이 업계는 돌아갈 거야. 나를 위해 준비된 역할도 다른 배우가 맡겠지. 마치 처음부터 자신을 위해 준비된 역할처럼 당당히 연기할 거야. 내가 반대 상황이라도 그렇게 할걸."

"하지만 슬퍼하는 팬이 있어요."

"그렇지. 그래도 그들은 살아가. 아마 금세 나 따위 잊어버리고 새로운 여배우를 응원하겠지."

그녀는 '후우' 하고 한숨을 쉬었다.

"누구에게나 '대타'가 있어. 당신이 말한 프로 운동선수 역시 그렇지. 누군가 다치면 다른 사람이 시합에 나가. 유일무이한 것 따위 이 세상에는 존재하지 않아."

그녀는 그 말을 끝으로 잠시 침묵했다.

"……벌써 되었다고 말했지."

"네?"

"히어로."

"아, 네. 히어로가 아니라 헤로인이네요."

날카로운 시선이 날아와서 나는 고개를 움츠렸다.

"……죄송합니다."

"사실은 아직 되지 못 했어."

"이미 충분하지 않나요."

"어중간해."

그녀는 눈살을 찌푸렸다.

"어느 부분이요?"

"당신, 가족은 어떻게 돼?"

나는 갑작스러운 질문에 머뭇거리면서도 순순히 대답했다.

"네? 부모님이랑…… 그리고 할아버지도 계세요."

"할아버지 연세가 어떻게 되셔?"

"곧 구순이셨나."

그녀의 눈이 동그래졌다.

"굉장하다."

"그렇죠."

나는 조금 자랑스럽게 미소 지었다.

"당신의 할아버지는 날 아실까."

"음, 텔레비전을 보시려나……."

"그렇지? 안다고 확신하지는 못하겠지?"

"그야 구순의 할아버지는 아무래도……."

"확인해봐."

"네?"

"지금 당장 전화로 날 아느냐고 질문해봐."

"지금요……?"

"지금. 어서 빨리!"

나는 허둥지둥 "네!" 하고 휴대전화를 꺼냈다.

"아…… 엄마? 저기, 아니 무슨 일 없는데……. 갑작스럽지만 다사키 마이라고 알아? 응, 다사키 마이…… 아, 있잖아, 최근에 금요 드라마에 나왔잖아. 엄마는 안 봤어? ……맞아! 그 사람, 아는구나. 역시!"

나는 다사키 마이를 보며 엄지를 척 세웠다. 그녀는 여전히 못마땅한 얼굴이었다.

"아, 할아버지도 아시려나? 다사키 마이……. 아, 그렇지……. 드라마를 안 보시니까……."

조심스럽게 그녀를 바라보자 입을 뻐끔거리며 "아버지!"라고 말하는 게 보였다.

"아, 그리고 아빠는…… 응? 아, 맞아. 설문이라고 해야 하나, 회사에서 조사해야 해서…… 응, 아아. 그래 모르는구나…… 드라마는 봤지? 아, 안 봤어? 그 시간에는 목욕을…… 아, 그래. ……어? 아니야, 됐어. 그렇게까지 안 해도 돼. 응, 고마워. 아무튼 지금 좀 바빠서…… 응? 그래요, 또 전화할게. 그럼 끊는다."

전화를 끊고 '휴우' 하고 한숨을 쉬자 다사키 마이가 혼잣말을 내뱉었다.

"삼분의 일인가……."

나는 서둘러 변명했다.

"아니, 아버지도 알고 있을 거예요! 직접 묻지 않았으니까, 아마 얼굴을 보면 분명히 알 거예요……!"

다사키 마이는 말없이 또다시 힐끗 나를 노려보았다.

그러더니 바깥 경치로 시선을 옮겼다.

나는 뭐라고 수습하면 좋을지 몰라 그냥 잠자코 있었다.

"나도……."

한동안 침묵한 끝에 그녀는 그 말만 하고 다시 한참 말이 없었다.

관람차로 보이는 경치는 석양에 비추어 아름답게 물들었다.

"밤마다 생각해. 나도 아직 누군가의 '대타'일지도 모른다고."

석양이 비쳐드는 그녀의 옆모습에는 분한 마음과 섭섭한 기분이 비쳐 보였다.

식당에 개인실을 예약해 이른 저녁 식사를 마치고 아무에게도 들키지 않고 무사히 가게를 나온 뒤 우리는 나란히 걸었다.

"슬슬 돌아갈까요? 택시를 부를게요."

"뭐라고?"

그녀의 표정이 험악해졌다.

"네?"

나는 놀라서 그녀를 바라보았다.

"설마 택시를 타고 혼자 돌아가라고 할 작정은 아니겠지."

"안…… 되나요?"

눈치를 보며 머뭇머뭇 묻는 나를 그녀는 한심하다는 듯한 얼굴로 보고 있었다.

"당신 여자 친구 있어?"

"……없는데요."

"역시."

다사키 마이는 '하아' 하고 들으란 듯이 한숨을 쉬었다.

"……죄송합니다."

"택시에서 내리는 곳에 팬이 기다리고 있으면 어쩔 거야."

"그렇게 호들갑 떨 일은 아닌 것 같은데."

"……역시 안 되겠어."

"네?"

"역시 당신은 말이 안 통해. 내일은 다른 사람으로 바꿔줘!"

"잠깐만요! 알겠습니다, 집 앞까지 바래다드릴게요."

그녀는 불쾌함이 가득 담긴 표정으로 나를 바라봤다.

"왜 그렇게 마지못해 말하는 거지."

"마지못해 말한 거 아니에요."

"나를 집까지 바래다주다니, 이건 엄청난 일이라고. 좀 더 기뻐해."

"……앗싸아……."

소심하게 주먹을 불끈 쥔 나를 향한 다사키 마이의 시선이 찌를 듯한 눈길로 바뀌었다.

"……당신, 나를 놀리는 거야?"

"아니요……."

나는 그저 고개를 떨구었다.

모처럼 오늘 하루 잘했다고 생각했는데.

"아, 됐어. 얼른 택시나 불러!"

다사키 마이는 나에게서 등을 획 돌렸다.

택시를 타고 목적지를 말하더니 그녀는 입을 다물었다.

그녀의 기분이 너무 안 좋아서, 나는 어쩌다 이렇게 되어버렸을까 낙담했다.

우리는 무거운 분위기 속에서 말없이 앞을 보고 있었다. 옆에서 보면 아마도 사랑싸움을 한 커플처럼 보였을 것이다.

택시가 집에 도착하기 직전, 갑자기 그녀가 입을 열었다.

"어서 완벽한 히어로가 되고 싶어."

"네?" 하고 되묻는 나에게 그녀는 "아무것도 아냐"라고 대답했다.

"무사히 집에 들어가면 메시지 보낼게. 확인하면 돌아가도 돼."

그녀는 그 말을 남기고 택시에서 내렸다.

나는 택시에서 대기하며 그녀의 메시지가 오기를 기다렸다가 '수고했어'라는 단 한마디가 적힌 메시지를 확인한 다음 본사로 돌아갔다.

'어서 완벽한 히어로가 되고 싶어.'

다사키 마이가 남긴 그 말이 돌아가는 내내 나의 머릿속에서 빙글빙글 맴돌았다.

본사로 돌아가자 미야비가 무척 오래 기다렸다고 칭얼대듯 달려왔다.

"오늘은 어땠어요? 즐거웠어요?"

오늘도 싱글벙글한 얼굴로 묻는다.

"전혀……."

"어라? 들킨 거예요?"

"들키진 않았지만 언제 들통날지 줄곧 조마조마했고 솔직히 즐길 여유도 없었어."

미야비는 "하아" 하고 호들갑스럽게 탄식했다.

"그거 안 되겠네요. 데이트는 자신이 먼저 즐겁지 않으면 상대방도 즐기지 못 하는 법이죠."

"나도 알아……."

"사람을 잘못 골랐나."

"너까지 그런 소리를 하는 거야?!"

반사적으로 큰 소리를 낸 나에게 미야비는 진정하라고 달래는 듯한 손짓을 했다.

"다른 사람한테도 들었어요?"

"다사키 마이 본인에게 들었어. 내일은 다른 사람을 불러달래."

"그럼 다음은 나도 같이 가요! 그룹 데이트 같은?"

"넌 안 돼."

"왜요오."

"눈에 띄니까. 다사키 마이는 눈에 띄고 싶어하지 않아."

"잘 모르시네요."

미야비는 '쯧쯧쯧' 하고 검지를 좌우로 흔들었다.

"나뭇잎을 숨기려거든 숲 안에 두라고들 하죠?"

"나뭇잎?"

"내가 다사키 마이의 오라를 지워줄게요."

미야비는 그렇게 말하고 자신만만하게 씩 웃었다.

이튿날 아침, 나는 다사키 마이를 만나기 전에 뭐라도 조언을 얻기 위해 미치노베 씨와 카페에서 만났다.

모닝 세트를 2인분 주문하고 무난한 대화부터 시작했다.

"요새 도조 선생님은 좀 어떠세요?"

미치노베 씨는 오늘도 점잖게 미소 짓고 있었다.

"예, 순조롭습니다. 슈지 군이 처음으로 의뢰인을 담당하게 된 걸 알고 기뻐하셨습니다. 그쪽 의뢰는 어떠십니까?"

"사실은 그일 말인데요……. 잠시 상담이라고 해야 하나, 미치노베 씨의 의견을 여쭙고 싶어서……."

나는 다사키 마이에게 들은 이야기를 했다.

"그녀는 말해요. 이 세상에는 유일무이한 것 따위 없다. 나는 누군가의 '대타'인지도 모른다고요."

미치노베 씨는 커피잔을 들고 생각에 잠긴 표정을 지었다.

"제가 뭐라고 대답해야 좋을지 몰라서……."

미치노베 씨는 잔을 테이블 위에 내려놓더니 조용히 입을 열었다.

"그렇군요. 그것이 만물의 진리일지도 모릅니다."

"그런 냉정한 말씀은 하지 마세요."

"하지만 실제로 그렇지요."

나는 석연치 않은 기분으로 물었다.

"그럼 유일무이한 사람 따위 세상에 없다는 말씀이세요?"

미치노베 씨는 침착하게 대답했다.

"아뇨, 저는 세상 모든 사람이 유일무이하다고 생각합니다."

"……무슨 의미죠?"

"이를테면 쌍둥이도 DNA는 똑같지만 염색체까지 같지는 않죠. 완벽히 똑같은 인간은 존재하지 않으니까요. 인간이란 유일무이한 존재라고 생각합니다."

"하지만…… 누구나 누군가의 '대타'이기도 하죠?"

"모든 사람이 누군가의 '대타'가 될 존재임과 동시에 모든 사람이 '유일무이'한 존재이기도 하다고 봅니다."

나는 한동안 진지하게 그 의미를 생각해보았다. 그 결과……, 잘 모르겠다.

"왠지 철학 같네요……."

"슈지 군은 철학이 싫으십니까?"

"철학이 좋은지 싫은지 생각해본 적도 없어요."

내가 쓴웃음을 짓자 미치노베 씨도 생긋 웃고 "저도 그렇습니다" 하고 대답했다.

"다들 무언가의 천재로 태어났다면 고생하지 않고 성공을 거둘 수 있을 텐데."

모닝세트의 토스트를 먹으면서 나는 별생각 없이 말했다.

"천재란 노력하는 수재이다."

미치노베 씨는 토스트에 잼을 바르던 손을 멈추고 말했다.

"그건 누가 한 말이에요?"

"글쎄요, 누구였을까요."

다시 잼을 바르기 위해 손을 움직이면서 미치노베 씨는 조용히 말했다.

"만약 성공으로 가는 지름길이 있다면 방법은 딱 한 가지일 겁니다."

"뭐죠?"

나도 모르게 테이블 위로 몸을 내밀며 물었다.

"멀리 돌아가는 겁니다."

미치노베 씨는 깔끔하게 잼을 바른 토스트를 한 손으로 들더니 생긋 웃었다.

"성공으로 가는 유일한 지름길은 멀리 돌아가는 것입니다."

"모시러 왔습니다."

택시를 타고 다사키 마이의 아파트 앞에 도착해서 전화하자 그녀는 무뚝뚝하게 "알았어" 하더니 전화를 뚝 끊었다.

"오늘은 영화관에 갈 거야."

커다란 선글라스와 마스크로 얼굴을 가린 그녀는 택시에 타자마자 퉁명스럽게 말했다.

"그 전에 잠깐 들렀으면 하는 곳이 있어요."

"어딘데?"

그녀의 목소리에 불쾌한 기색이 더해졌다.

"저희 본사입니다."

"왜?"

다사키 마이는 내 말이 끝나기도 전에 숨쉴 틈도 주지 않고 물었다.

"만났으면 하는 사람이 있어요."

"누군데?"

이제 한 마디 이상 말할 생각조차 없는 듯하다.

"음, 그건 만나는 순간을 기대하시는 것으로……."

분명히 선글라스 너머로 가시 돋친 시선을 보내고 있으리라. 그녀는 "하아" 하고 한숨을 쉬었다.

"칫…… 빨리해."

택시는 투덜투덜 불평하는 다사키 마이와 나를 태우고 본사로 향했다.

"우와아! 진짜로 다사키 마이잖아요! 대단하다, 실물을 보다니!"

선글라스를 벗은 다사키 마이가 나를 힐끗 노려보았다.

나는 허둥지둥 미야비를 말렸다.

"미야비! 어, 빨리 용건을……. 이 녀석 이래 봬도 엄청나게 솜씨 좋은 미용사예요."

다사키 마이는 입도 뻥끗하지 않은 채 짜증이 고스란히 드러난 표정으로 나를 쏘아보았다.

큰일 났다. 화났어…….

"저기, 오늘은 나가기 전에 다사키 씨의 오라를 지우고 활동하기 편하게 하려고……. 그렇지, 미야비?"

"그보다 피부 진짜 깨끗하네요. 날마다 이렇게 관리하려면 힘들겠죠."

미야비는 얼굴을 가까이 대고 다사키 마이를 빤히 바라보며 말했다. 지켜보던 나는 그녀가 언제 폭발할지 몰라 조마조마했다.

"그럼, 일단 여기 앉으세요."

미야비는 커다란 거울 앞 의자에 다사키 마이를 반 강제로 앉히더니 가위를 들고 그녀 뒤에 섰다.

"잠깐만! 뭘 할 작정이야?"

"진정, 진정."

"가위 내려놔! 내 머리카락을 일 밀리미터라도 잘랐다가는 고소당할 줄 알아!"

"진정하세요. 앞머리 거슬리지 않아요? 눈이 이렇게 예쁜데 머리가 가리면 소용없다고요."

"기르는 중이야!"

"기를 때는 기르더라도 살짝 뒤로 넘기는 편이 좋아요. 지금이라면 자, 봐요. 조금만 움직이면 눈에 걸쳐서……."

"내버려둬! 내 스타일리스트가 누구인 줄 알아? 바로 마쓰바라 이치요야!"

"아, 마쓰바라 씨라면 예전에 신세 졌죠. 하지만 보증합니다. 마쓰바라 씨보다는 내가 훨씬 더 솜씨가 좋답니다."

"뭐라고?"

미야비는 양 끝의 머리카락을 조금씩 잡아 다사키 마이의 눈앞으로 당겨와 비교하듯이 보여주었다.

"이 주일 전에 커트했죠?"

"자르긴 했는데……."

"봐요, 벌써 좌우 길이가 일 센티미터나 차이나요. 밀리미터 단위로 정확히 잘랐으면 아직 가지런할 시기인데."

"그게요, 이 녀석 진짜로 대단한 미용사예요. 우리 사장님이 반할 만큼 솜씨가 좋아서요."

"……앞머리만이야. 절대로 짧게 자르지 마!"

"알겠습니다아."

미야비는 기쁜 듯이 생긋 웃었다.

"……어때요? 길이는 많이 짧아지지 않았죠? 그래도 뒤로 흐르듯이 자르니까 눈이 예쁘게 보이죠?"

미야비는 거울 너머 다사키 마이에게 물었다.

"……나쁘지는 않네."

다사키 마이는 변함없이 못마땅한 얼굴로 대답했다.

"다행이네요."

다사키 마이는 생글생글 웃는 미야비를 향해 의자를 휙 돌려 앉으며 거칠게 말했다.

"그보다 이게 뭐하는 거야! 겨우 앞머리를 자르려고 이리로 불렀어?"

"아뇨, 아뇨. 나도 오늘 데이트에 낄까 하고요. 어제는 별로 즐겁지 않았던 것 같으니까."

"여기 직원이 생각보다 훨씬 쓸모가 없어서 그래."

다사키 마이가 보내는 차가운 시선에 나는 쓴웃음으로 대답했다.

"그러니까 오늘은 그 벌충으로 나한테 일일 프로듀서를 맡겨줄래요?"

미야비는 다사키 마이에게 전혀 주눅 들지 않고 허물없이 말했다. 이 근성은 감탄할 만하다.

"영문을 모르겠어. 돌아갈래!"

다사키 마이는 의자에서 힘차게 일어나더니 문으로 향했다.

내가 쭈뼛거리며 미야비와 그녀를 번갈아 보고 있자, 미야비가 입을 열었다.

"만약에 만족하지 못했다면 계약은 파기해도 됩니다."

문 앞에서 걸음을 멈춘 다사키 마이가 홱 돌아보았다.

"진심으로 하는 소리야?"

"완전 진심이에요."

다사키 마이는 한동안 미야비의 웃는 얼굴을 보고 나서 "그럼 좋아. 딱 하루만이야"라고 승낙했다.

설마 승낙할 줄 몰랐던 나는 깜짝 놀랐다.

미야비는 활짝 웃으며 손가락으로 브이를 그렸다.

"알겠습니다! 그 대신에 내 말을 잘 들어주세요."

그녀는 어째서인지 또다시 나를 째려보았다.

나는 허둥지둥 다사키 마이를 향해 최선을 다해 영업용 미소를 지었다.

"최악이야! 이게 뭐야! 최악이야!"

다사키 마이의 절규가 거리에 메아리쳤다.

"봐! 이게 믿겨?! 이 화장 뭐야!"

지금껏 본 적 없는 스타일의 짙은 화장을 한 다사키 마이는 사람들이 지나가거나 말거나 고래고래 떠들며 길을 걸었다.

"이렇게 얼간이처럼 긴 인조 속눈썹을 대체 누가 붙여!"

"아주 귀여워요. 그쵸, 슈지 씨."

"어, 어어……. 귀엽습니다……."

다사키 마이는 인조 속눈썹에 반쯤 가려진 눈으로 나를 째려보았다.

"앞머리 자른 의미가 없잖아!"

금발 가발까지 써서 누가 봐도 갸루(ギャル)처럼 보였다.

"금발은 처음 아닌가요? 어울리네요. 그죠, 슈지 씨."

"으, 응……."

나는 아까부터 줄곧 따가운 시선을 받고 있다.

그러고 보니 본사에 도착한 뒤로 다사키 마이는 내게 한마디도 하지 않은 것 같다.

"덕분에 이렇게 큰 소리로 떠들어도 아무도 모르잖아요."

미야비가 양손을 펼치며 빙글빙글 돌았다.

"정말 어이가 없어……."

"누가 봐도 잘나가는 패피 커플이라고요. 그렇죠, 슈지 씨?"

더 이상 나한테 일일이 묻지 말아줬으면 좋겠다. 그때마다 차가운, 아니 이제 살기마저 느껴지는 시선이 날아들 것이다.

그보다 이 두 사람과 내가 같이 걷는 것 자체가 엄청난 위화감 덩어리인데, 그 부분은 괜찮은 걸까. 억지로 끌려다니는 사람으로 보이지 않을까.

"그러고 보니 마이마이는 본명이 어떻게 돼요?"

다사키 마이는 미야비를 찌릿 노려보고는 작게 중얼거렸다.

"……도모코인데……."

"도모짱, 이쪽이에요!"

미야비는 말하자마자 달리기 시작했다.

"잠깐만! 그 이름으로 부르지 마!"

다사키 마이, 즉 '도모코'는 인조 속눈썹으로 바스락거리는 눈을 부릅떴다.

"도오모오짱."

"큰 소리 내지 마!"

미야비보다 훨씬 큰 목소리로 도모코가 외친다.

"도모짱! 서둘러요! 슈지 씨도!"

"어디 가는 거야!"

"전철 탈 거예요! 하라주쿠까지 갑니다!"

"하라주쿠우?!"

도모코와 나는 동시에 외쳤다.

“뭐야, 이거 엄청 귀엽다!”

여자아이처럼 그렇게 소리 지른 사람은 미야비였다.

“나는 이런 취향 아니야.”

우리는 확실히 다사키 마이의 이미지와는 동떨어진 형형색색의 발랄한 가게에 들어와 있었다.

“이 리본은 머리에 다는 건가?!”

분홍색이며 파란색으로 반짝반짝 빛나는 엄청나게 큰 리본을 들고 미야비는 주변을 둘러보았다.

“앗, 점원이 달고 있어! 펑키하네요.”

나는 그저 나와 어울리지 않는 이 가게에 있는 게 부끄러웠다. 차라리 나도 화려하게 꾸며주면 좋으련만…….

“모처럼 하라주쿠에 왔으니까 환상적이고 화려한 옷 한 벌쯤 사야죠! 그렇죠, 언니?”

반짝반짝 커다란 리본을 단 분홍색 머리의 점원은 “그럼요!” 하고 고개를 끄덕이며 활짝 웃었다.

두 사람은 시끄럽게 싸우면서도 탈의실을 들어갔다 나왔다 하더니 결국 색깔만 다른 티셔츠를 두 장 사고, 어째서인지 나도 같은 옷을 사게 했다. 다사키 마이는 화려한 패치워크를 단

청바지부터 컬러풀한 양말까지 풀세트 옷을 권유받았다.

"이런 옷 평생 안 입을 거야!"

그렇게 말하면서도 다사키 마이는 미야비의 추천대로 옷을 샀다.

"우리 크레페 먹어요! 도모짱, 무슨 맛 먹을래요?"

미야비는 컬러풀한 옷을 입고 크레페 가게 앞에 줄 서 있는 젊은 여자애들 뒤에 섰다.

"나는 음, 딸기초코크림…… 아, 라즈베리크림치즈도 궁금해……."

도모코는 이러쿵저러쿵 투덜대면서도 메뉴를 열심히 보고 있었다.

"크림치즈 궁금하죠! 나는 그걸로 주문해야지! 한 입 줄까요?"

"됐어."

"그럼 안 줄래요."

"됐다니까."

"후회해도 모릅니다아. 엄청 맛있어 보이는데."

"끈질기네."

미야비와 함께 다니면서 다사키 마이는 내내 즐거운 듯 웃고 있었다.

이제 '도모짱'이라고 불러도 화내지 않았다.

미야비는 결국 라즈베리크림치즈의 처음 한 입을 도모코에게 양보했다.

도모코는 조금 전에 "됐다"고 한 말 따위 까맣게 잊은 듯이 기뻐하며 크레페를 덥석 물었다.

"이제 뭐 할 거야?"

도모코는 완전히 미야비에게 주도권을 맡겼다.

미야비는 만족한 듯이 미소 짓더니 "바다요!"라고 외쳤다.

"꺄아아아아!"

도모코의 비명은 멀리 수평선 너머까지 울려 퍼졌다. 해 질녘 바다라니, 나도 기억나지 않을 정도로 오랜만이었다.

바닷가에서 높은 힐을 벗은 도모코와 언제인지 모르게 반바지로 갈아입은 미야비가 달리면서 물싸움을 했다.

나는 뒤에 서서 도모코가 벗어놓은 힐을 들고 두 사람의 모습을 바라보았다.

"뭐야! 옷까지 다 젖었잖아!"

도모코는 활짝 웃는 얼굴로 미야비와 티격태격하며 나를 향해 걸어왔다.

"아까 산 옷이 있잖아요. 옷은 입기 위해서 있는 거라고요!"

"그딴 옷……."

말하다 말고 도모코는 포기한 듯 "아, 됐어"라며 웃었다.

"갈아입고 올게."

도모코는 그 말을 남기고 가까운 공중화장실로 갔다.

"처음부터 바다에 올 생각이었어?"

내가 미야비의 반바지를 가리키며 물었다.

미야비는 아무런 대답도 하지 않고 그저 씩 웃기만 했다.

"오늘 재미있었죠."

"정말로 두 사람 다 즐거워 보였어."

"조금은 마음이 풀렸으면 좋겠는데 말이죠."

"……도모짱?"

"네, 도모짱요."

"유명인도 힘들겠다……."

"그러네요……."

수평선은 저물어가는 태양의 빛을 반사해 더욱 반짝반짝 빛났다.

"우와아, 슈지 씨. 석양 엄청 예쁘네요."

"그러게……."

"그런데 이런 예쁜 석양을 남자 둘이서 보다니……."

미야비가 주위를 두리번두리번 둘러보았다.

"도모짱 늦네요."

"그러네. 잠깐 보고 올게."

공중화장실로 가는 길에 낯익은 티셔츠가 눈에 들어왔다.

화려한 옷으로 갈아입은 도모코는 방파제 위에 앉아 다리를 흔들고 있었다.

나는 도모코에게 다가갔다. 가까이 가자 파도 소리 사이로 작은 노랫소리가 들렸다.

"너를 만—나고 싶—어…… 너를 만—나고 싶—어……."

석양을 바라보면서 그녀가 흥얼거린 것은 어딘가에서 들어본 적이 있는 러브송이었다.

아아, 그녀는 지금 사랑을 하고 있구나. 나는 무심히 그렇게 생각했다.

사실은 그 사람과 이렇게 데이트하고 싶었겠지.

어서 완벽한 히어로가 되고 싶어.

그렇게 말한 그녀의 각오는 아마도 무언가 커다란 것을 희생하며 이루어지고 있을 것이다.

나는 슬며시 다사키 마이 뒤에서 멀어졌다.

다사키 마이를 집까지 바래다주고 미야비와 헤어져 돌아오는 길에 주머니 안에서 휴대전화가 진동하는 걸 느꼈다.

꺼내보니 착신 화면에는 '엄마'라고 적혀 있었다.

설마 할아버지께 무슨 일이 있나.

나는 서둘러 전화를 받았다.

"아아, 슈지? 지금 전화 괜찮니?"

"괜찮아. 왜 그래? 무슨 일 있어?"

나는 약간 빠른 말투로 물었다.

"아버지도 아신대!"

예상과 달리 밝은 목소리였다.

"뭘……?"

"있잖아, 그 애. 이름이 뭐라고 했지? 어…… 요새는 금방 이름을 까먹어. 나도 나이가 들었나 봐."

"무슨 말이야."

"그러니까 그 애. 음…… 무슨 마이."

거기까지 듣고서야 지난번 전화로 한 대화를 이어서 하고 있다는 사실을 알아차렸다.

엄마는 늘 대화에서 주어를 너무 생략한다.

"다사키 마이 말이지. 아빠도 아는구나."

"지금 하는 드라마 말고 꽤 오래전에 수요 형사 드라마에 나왔었잖니? 아버지가 그 드라마를 엄청 좋아하셨어. 큰 역할은 아니었지만 연기를 괜찮게 해서 기억하신대."

"아빠가 괜찮은 연기가 뭔지 아나."

나는 쓴웃음을 지으며 물었다.

"어머나, 의외로 순수하게 드라마를 즐기는 비전문가가 보는 눈이 있기도 한 법이야. 딴마음이 없으니까."

"그것 때문에 일부러 전화했어?"

"네가 업무에 필요하다고 했잖니. 지명도 조사지? 옆집 아줌마가 그런 걸 아주 잘 알아서 가르쳐줬어. 요즘 시대 금융회사는 여러 일을 하는구나. 뭐야, 광고에서 쓰려고?"

"응…… 뭐, 그런 거지. 하지만 말하지 마. 아직 아무것도 정해지지 않았으니까."

"알아."

"특히 그 옆집 아주머니에게는 이상한 소리 하지 마."

"네네, 압니다. 그건 그렇고 일은 어떠니? 아직도 바빠? 밥은 잘 챙겨 먹고 있어?"

"그렇게 한 번에 묻지 마. 잘 먹고 다녀. 구내식당이 맛있어서 다행이야."

"어머나, 그래! 다행이네. 계속 바빠 보이더니, 요전에 병문안 왔잖아. 잠깐은 짬도 낼 수 있게 되었구나 싶어 안심했어. 작년 여름쯤부터 갑자기 연락이 없어서 일이 바쁜가 하고 아버지랑 계속 걱정했거든."

그 사건이 있고 난 뒤로 나는 부모님과 제대로 연락하지 않았다.

자신이 치한으로 오해받는 바람에 일까지 그만둔 이야기를 부모님에게 알리고 싶은 자식은 없을 것이다. 내 취직이 결정되었을 때, 아빠 엄마 둘 다 무척 기뻐했다. 부모님 머릿속에 있는 누구나 아는 기업에 다니는 자랑스러운 아들의 모습을 망가뜨리고 싶지 않았는지도 모른다.

무엇보다 '그만두었다'는 얘기를 듣고 실망하는 부모님의 모습을 마주하기가 가장 두려웠다.

아빠가 걱정하다니, 전혀 생각지도 못했다.

나는 되도록 말투가 침울해지지 않도록 신경 쓰며 평소처럼 말하려고 했다.

"그랬어? 잘 지낸다고 전해줘요. 그러고 보니 할아버지는 어떠셔?"

"여전해. 그래도 팔팔하셔. 네가 병문안을 온 뒤로는 특히 더. 사실은 엄청 기뻐셨던 모양이야. 그 뒤로 온 병원 사람들에게 자랑하시는걸. '손자가 일부러 비행기를 타고 병문안을 왔다'고. 가엾게도 간호사들 귀에 못이 박일 지경이야."

엄마는 호쾌하게 "하하하" 하고 웃었다. 엄마의 입은 항상 쉴새없이 잘 움직인다.

"괜찮으시다니 다행이네. 조만간 또 얼굴 비칠게. 할아버지한테 전해줘."

"정말로? 그런 소리 했다가는 할아버지 손꼽으며 기다리실 거야."

"아직 언제가 될지 확실히 모르지만, 연말까지는 꼭 갈게."

"알았어. 그럼 그렇게 전해둘게. 오기 전에 연락할 거니? 너란 애는 늘 갑작스러우니까."

"알았어. 아빠한테도 안부 전해줘."

"그래, 그럴게. 너도 배탈 조심하렴."

왜 갑자기 '배탈 조심하렴'인가.

나는 웃으면서 "알았어"라고 대답하며 전화를 끊었다.

휴대전화를 주머니에 넣고 번뜩 떠올랐다.

그러고 보면 옛날에는 곧잘 감기에 걸렸고, 감기에 걸리면 늘 배탈로 이어졌다.

어릴 적에는 강제로 복대를 차야 해서 그게 싫다고 투덜거리며 학교에 간 적도 있었다.

엄마는 지금까지도 어린 시절 나에 대한 기억을 생생하게 간직하고 있는 모양이다.

어째서인지 할아버지를 뵙고 난 뒤로 이따금 옛날 일이 떠오른다.

역시 할아버지가 한 그 말이 마음에 걸리는 걸까.

아무런 재미도 없는 인생이었어.

나는 할아버지의 나이가 되었을 때 어떤 일을 떠올릴까.

옛날에는 좋았다고 생각할까. 아니면 더없이 평범한 인생이었다 싶을까. 어쩌면 옛날에는 너무 괴로웠으니 차라리 지금이 제일 행복하다고 생각할지도 모른다.

대체 어떤 인생이 '정말 행복한 인생'이라 할 수 있을까.

한 가지 확실한 것은 이대로라면 내 인생은 더없이 괴로운 기억으로 가득하게 될 것이라는 점이다.

평생 버스를 피하고 두려워하며 살아갈 수밖에 없는 건가.

구순의 할아버지가 되어 자동차도 운전하지 못하고 버스도 타지 못하면 곤란하겠지. 매번 택시로 이동할 수 있을 만큼 돈을 벌어두면 좋겠지만, 지금의 상태로는 도저히 그렇게 될 것 같지 않다.

그런 생각을 하고 있는데 어딘가 먼 곳에서 참매미 소리가 들렸다.

매미 소리가 부쩍 줄어들었다. 이제 곧 여름도 끝난다.

병원 침대 위에서 이야기하던 할아버지를 떠올렸다.

이러엏게, 이렇게 말이지…….

사발 모양으로 오므린 손을 살그머니 움직인다.

나도 똑같이 사발 모양으로 손을 오므리고 허공에 대고 조심히 움직였다.

멀리서 울던 참매미 소리가 그쳤다.

먼 곳으로부터 들리는 작은 소리처럼 머릿속 깊은 곳으로부터 희미한 기억이 모습을 드러냈다.

무언가 떠오를 듯 말 듯, 하지만 머릿속 서랍의 안쪽에 무언가 걸린 듯 더 이상 열리지 않았다.

다음에 할아버지를 만나면 조금 더 떠올릴 수 있을까.

나는 허공에 들고 있던 손을 꽉 쥐고 집으로 돌아가는 발걸음을 서둘렀다.

닷새 만에 다시 만난 다사키 마이는 무척 기분이 좋아보였다.

"미야비는?"

그녀가 꺼낸 첫마디였다.

"오늘은 오지 못했어요."

"뭐야."

대놓고 아쉬워하는 그녀에게 약간 충격을 받았지만 다시 기운을 내고 등을 꼿꼿하게 폈다.

"오늘은 제가 소개하고 싶은 곳이 있어요."

"어딘데?"

"설탕을 쓰지 않는 잼 가게요."

"흐음."

"그곳 잼이라면 칼로리도 크게 신경 쓰지 않고 먹을 수 있지 않을까 해서요. 달콤한 것 좋아하는 것 같았고. 조금 먼데 괜찮아요? 돌아갈 때는 당연히 바래다드리겠습니다."

다사키 마이는 "좀 발전했네"라며 보일 듯 말 듯 입꼬리를 올렸다.

"잠깐만, 어디까지 갈 생각이야?"

인적이 드문 지하철역에서 나와 성큼성큼 걷는 나의 뒤에서 다사키 마이가 불만스럽게 물었다.

"더 안쪽이요. 여기서 버스를 타고 갈 거예요."

"이런 곳을 어떻게 알아냈어? 인터넷?"

"아뇨, 아메리칸 파이 가게 설립에 관여한 사람들에게 닥치는 대로 정보를 얻으며 발품을 팔았어요. 역시 떡은 떡집에 맡기라는 말이 틀리지 않았네요. 이 가게를 알려주더군요."

한 시간에 한 대밖에 오지 않는 버스 시간은 미리 알아 놓았다. 딱 버스가 올 시간에 인적 없는 시골 역에 도착했다.

나는 부웅 하는 소리를 내며 내 앞에 멈춰 선 버스를 눈을 크게 뜬 채 바라보고만 있었다.

"왜 그래? 안 타?"

"아뇨, 탑니다. 잠깐만 기다려주세요."

오늘을 위해 나는 몇 번이고 버스를 타는 훈련을 했다.

미야비와 미치노베 씨가 몇 번이고 함께 해주어 드디어 혼자서도 탈 수 있게 되었다. 어제만 해도 버스를 열 번은 갈아탔다.

이만큼 연습했으니까 괜찮다.

나는 가슴에 손을 대고 머릿속으로 미치노베 씨 목소리를 떠올렸다.

'숨을 들이쉬세요.'

크게 숨을 들이쉬었다.

'그다음에 뱉으세요.'

숨을 크게 뱉는다.

'당신은 지금, 살아 있습니다.'

"됐어!"

놀란 얼굴의 다사키 마이를 데리고 버스를 탔다.

"좀 전에 뭐한 거야?"

덜컹거리는 버스 뒷좌석에서 그녀가 물었다.

"주문이에요."

"주문?"

"다사키 마이 씨, 숨을 들이쉬어보세요."

그녀는 순순히 '하아' 하고 크게 숨을 들이쉬었다.

"그다음에 뱉어보세요."

그녀는 '휴우' 하고 숨을 다 내뱉은 상태로 "그래서?" 하는 듯한 표정으로 나를 보았다.

"당신은 지금, 살아 있습니다."

다사키 마이는 훗, 하고 숨을 터뜨리더니 웃었다.

"그게 뭐야. 웃겨."

다사키 마이는 처음으로 나에게 웃는 얼굴을 보였다.

버스는 우리를 태우고 덜컹덜컹거리며 산길을 올라갔다.

숲 안쪽에 호젓하게 자리잡은 아담한 가게에는 손님이 한 사람도 없어 우리가 전세를 낸 듯했다.

가게 주인은 중년의 부부로 직장에서 벗어나 여기서 조용히 잼 가게를 시작했는데 너무 조용해서 아무도 알아차리지 못한다며 웃었다. 그래도 지역 호텔이나 레스토랑과 계약해서 납품하고 있으니 유명한 가게가 되지 않아도 먹고살 만하다고 말하는 부부는 무척 씩씩하고 행복해 보였다.

"저렇게 착해 보이는 사람도 인간관계로 고민하는구나."

우리는 잼을 사들고 돌아가는 버스를 기다리며 벤치에 앉아 시간을 보냈다.

잼 가게 남자 사장은 회사원 시절, 인간관계로 골치를 썩어 힘들었다고 했다. 지금은 거짓말처럼 평온한 생활을 하고 있다고도 했다.

"연예계도 인간관계 힘들 것 같아요.

"그렇지. 여러 사람이 여러 꿍꿍이로 다가오니까."

그대로 입을 다물고만 다사키 마이에게 무슨 이야깃거리를 제공할까 고민하는데 그녀가 먼저 입을 열었다.

"……나, 누군가에게 스토킹당하고 있어."

"네?!"

"이런 일은 늘 있었지만 이번에는 지금까지와는 다른 것 같아. 끈질긴 데다 정체를 파악할 수가 없어."

"그래서……."

지난번 '집에 들어가서 메시지를 보낼 때까지 돌아가지 마'라고 한 말이 이해가 되었다.

"일을 마치면 매니저가 데려다주는데, 개인적인 시간에만 기척이 나."

불안해 보이는 그녀의 옆얼굴은 평소의 기가 센 다사키 마이가 아니라 '도모코'라는 연약한 여성으로 보였다.

"괜찮아요. 오늘도 집까지 바래다줄 테니까. 집에 들어가 안전을 확인할 때까지 반드시 집 앞에서 기다릴게요."

"……고마워."

처음으로 그녀의 입으로 들은 감사 인사였다.

STEP_04
과거에서 벗어나기

약속한 2주일이 지나고 다사키 마이는 드라마 촬영이 절정에 접어들어 의뢰를 정지했다. 첫 전담 의뢰를 마치고 안도하는 것도 잠시, 나는 다른 사원이 맡은 안건에 힘을 보태며 정신없는 나날을 보내고 있었다.

그로부터 반년이 지난 어느 날, 나와 미치노베 씨는 나란히 사장실로 불려갔다.

"사진을 찍혔다고요?!"

사장님이 잡지 한 권을 책상 위에 털썩 내려놓았다.

"오늘 나온 주간지라네."

나와 미치노베 씨는 동시에 잡지를 들여다보느라 머리를 부딪칠 뻔했다.

"미야비랑…… 다사키 마이가……."

흑백 사진에는 다사키 마이의 얼굴과 그녀를 맞아들이는 미야비가 똑똑히 찍혀 있었다.

"미야비 군치고는 드문 실수로군요."

"아무래도 다사키 마이가 예고 없이 미야비의 집에 찾아왔나 봐. 집으로 들어가는 모습을 찍혀버렸어."

사장은 손을 턱 끝에 댄 채 사장실 안을 왔다 갔다 돌아다녔다.

"집에……."

두 사람이 그 정도로 깊은 관계로 발전한 건가.

그 뒤로 둘이 만났다는 건 전혀 알지 못했다.

"대응 방안은 지금 검토하고 있으니까 두 사람 다 무슨 일이 있으면 바로 움직일 수 있도록 일정을 비워주지 않겠나."

"알겠습니다."

나는 꿀꺽 침을 삼켰다.

그러나 몇 시간 뒤에 사태는 생각지도 못한 방향으로 전개됐다.

"슈지 군, 바로 병원으로 가지."

사장실로 호출된 내가 문을 열자마자 사장님은 긴박한 모습으로 말했다.

"무슨 일이 있었나요?"

"다사키 마이가 입원했다."

순간 눈앞이 캄캄해졌다.

"기사에 격분한 스토커가 칼로 찌르려는 걸 피하다가 계단에서 굴렀다는 것 같아."

"기분은 어떠세요?"

나는 하얀 침대 위에 앉아 있는 다사키 마이에게 물었다.

"좋을 리가 없잖아."

머리를 부딪치는 바람에 정밀 검사를 위해 입원했지만 다행히 다리를 삔 것 외에 크게 다친 곳은 없어 보였다.

"다친 곳은 어때요?"

"최악이야."

그녀는 말이 끝나기가 무섭게 대답했다.

"나한테는 느긋하게 입원하고 있을 틈 따위 없단 말이야."

다사키 마이는 고개를 숙이고 입술을 깨물었다.

"그런 말 하지 말고 잠시나마 푹 쉬어요."

"댁이랑 똑같이 취급하지 말아줄래. 당신은 좋겠네. 일을 좀 쉰다고 해도 회사에 아무런 지장도 없을 테니까."

진짜 입을 다물어버린 나를 보고 그녀는 난처한 듯이 시선을 돌렸다.

나는 신기하게도 그녀의 말에 화가 나지 않았다.

"제가 존경하는 선배가 말했어요."

화가 나기보단 그녀의 얼굴에 떠오른 후회의 빛을 어떻게든 지워주고 싶었다.

"성공으로 가는 유일한 지름길은 멀리 돌아가는 거라고."

잠깐 동안 침묵 끝에 그녀가 천천히 입을 열었다. 당장에라도 눈물이 쏟아질 것 같은 눈을 하고 있었다.

"미안, 괜한 화풀이였어. 초조했거든."

처음으로 그녀의 입으로 들은 사과의 말이었다.

"있잖아, 지금 인터넷에서 내가 뭐라고 불리는지 알아?"

나는 고개를 가로저었다.

"이름 팔이 여배우."

다사키 마이는 다시 입술을 깨물었다.

"스토커에게 칼로 찔릴 뻔한 사건으로 이름을 판 배우래."

미간에 새겨진 주름에서 분통함이 배어 나왔다.

"주인공을 몇 편이나 한 줄 알아? 드라마, 영화, 연극까지. 광고를 몇 편이나 찍은 줄 알아? 물론 일본 국민 전부가 내 이름을 알 거라고 생각하지 않아. 하지만 몸을 던지면서까지 이름을 팔 정도로 무명의 촌뜨기도 아니라고!"

그녀는 오랜 시간 마음에 쌓였던 것을 단숨에 토해내듯 거칠게 말했다.

"지금까지 뭐든 희생했어! 아무리 좋아하는 사람이 생겨도, 아무리 서로 사랑해도 남이 눈치채면 그걸로 끝! 어째서 사람을 좋아하는 일로 소속사에서 혼이 나야 하지? 나도 자신이 상품이라는 것쯤은 자각하고 있어! 하지만 아무리 상품이라도 살아있는걸! 로봇이 아니야!"

나는 묵묵히 다사키 마이가 뱉어내는 말을 받아주었다.

"애완동물 가게는 정말 싫어."

한참 침묵을 지키던 그녀가 툭 내뱉은 말이다.

"어린 강아지가 애교를 부리며 다가오는 모습……. 나를 사랑해달라고 꼬리를 흔들면서."

나는 처음 만난 날 그녀가 애완동물 가게를 바라보던 모습을 떠올렸다.

"꼭 나를 보는 것 같아."

그녀는 내뱉듯이 말했다.

"가여워서 못 견디겠어. 이 아이들은 팔리지 않으면 어떻게 되는 걸까. 팔리지 않은 상품은 망가진 로봇처럼 버려지고 마는 걸까."

입술을 일그러뜨리고 속눈썹을 내려뜨린 그녀의 눈에는 당장에라도 터질 듯한 눈물이 괴어 있었다.

"그러니까 재고가 되지 않으려고 필사적으로 아양을 떠는 거야. 더 많은 사람들이 귀엽다며 쓰다듬도록. 좋아해줄 만한 사람에게 다가가는 거지. 자신을 데리고 가 평생 귀여워해주기를 바라면서."

그녀의 입에서 흘러나온 말에는 한 마디 한 마디 슬픔과 분노가 배어 있었다.

"그곳에 있는 모든 개를 데리고 돌아가고 싶어져. 하지만 데리고 돌아가도 다시 새로운 개가 들어오겠지. 똑같은 일이 되풀이돼."

그녀가 살아온 인생은 아마도 내가 상상했던 것처럼 눈부신 삶은 아니었을 것이다. 아마 화려한 모습 뒤로 외로움과 괴로움을 버티느라 전전긍긍하는 모습을 감추고 있었겠지.

"나도 강아지랑 똑같아. 더 많은 사랑을 받기 위해 정작 누군가를 사랑할 수조차 없어."

나는 아무 말도 해줄 수 없었다.

그저 그녀를 똑바로 바라보는 것밖에 할 수 없었다.

그녀는 입술을 꽉 깨물고 고개를 숙였다.

"알아. 스스로 선택한 직업이란 거. 응원해주는 사람들을 슬픔에 빠뜨리고 싶지 않아. 나도 진심으로 그렇게 생각해. 하지만 그보다 '미움받고 싶지 않다'는 생각을 더 하게 돼. 결국 내 생각뿐이지. 위선이야. 소중한 사람과 헤어진 것도, 그 사람 하나를 얻는 대신 더 많은 사람에게 미움받고 싶지 않았기 때문이야. 결국에는 자신이 가장 소중한 거야."

"누구든 그렇지 않나요?"

무겁게 가라앉은 분위기 속에 나는 입을 열었다.

"나도 나 자신이 가장 소중해요. 이를테면 배가 침몰해 두 사람이 남겨졌다고 해보죠. 구명보트에 탈 수 있는 사람은 둘 중 한 사람밖에 없어요. 그럴 때, 나는 과연 다른 사람에게 '타세요'라고 말할 수 있을까. 알 수 없어요. 다들 그렇죠. 웃는 얼굴로 '타세요' 하며 자신의 인생을 양보할 수 있다 자신있게 말할 수 있는 사람이 세상에 몇이나 있을까요."

다사키 마이는 꽉 쥔 자신의 양손을 바라보았다. 가늘게 떨리는 손을 감추려고 애쓰는 듯했다.

"당신이란 사람, 아무런 쓸모도 없다고 생각했는데……."

천천히 고개를 들더니 그녀는 작은 목소리로 말했다.

"다정함 하나는 장점인 것 같아."

그리고 눈물이 고인 눈동자로 살짝 미소 지었다.

방송에서는 연일 다사키 마이 사건으로 시끄러웠다. 방범카메라에는 30대 전후로 보이는 남자의 얼굴이 또렷이 찍혀 있었고, 결국 남자는 지명 수배되었다.

우리도 구내식당 텔레비전으로 그 뉴스를 보고 있었다.

지명 수배된 남자의 얼굴을 본 순간, 미야비의 낯빛이 달라졌다.

"왜 그래?"

"아뇨……"

미야비는 웬일로 어두운 목소리로 대답했다.

"도모짱의 병실은 괜찮겠죠?"

"병실에는 경찰이 있으니까 괜찮아. 그보다 미야비, 범인이 잡힐 때까지 정말로 조심해. 사장님도 집에서 대기하고 있어도 괜찮다고 말씀하셨잖아."

"그랬다가는 평생 바깥을 돌아다닐 수 없게 될 거예요."

'하하' 하고 힘없이 웃는 미야비는 역시 평소의 미야비가 아니었다.

한참 조용히 점심을 먹던 미야비가 갑자기 젓가락을 든 손을 멈추었다.

"슈지 씨, 저 녀석요……."

"응?"

"그 남자, 아마도……."

고개 숙인 미야비에게 내가 "뭐?" 하고 재촉하자 그는 고개를 쓱 들고 웃었다.

"아무것도 아닙니다."

"뭐야. 찜찜하게."

미야비는 그 이상 아무 말도 하지 않았다.

나는 마음속에 뭐라고 형용할 수 없는 껄끄러움을 느끼면서도 묵묵히 점심을 계속 먹었다.

그 이후에도 미야비의 상태는 줄곧 이상했다.

사장님을 비롯해 다들 미야비를 걱정했지만, 아무도 어떻게 해주지 못 해 안타까운 심정이었다.

"이봐, 미야비. 정말로 일을 잠깐 쉬는 게 어때? 요새 안색도 나쁘고. 이대로는 몸이 못 견뎌."

다사키 마이가 입원한 지 나흗날 점심, 나는 평소처럼 미야비와 나란히 점심을 먹으며 말했다.

"슈지 씨……. 퀴즈 하나 내도 돼요?"

미야비는 아직 식사가 끝나지 않았는데 갑자기 카레 접시에

숟가락을 내려놓았다.

"뭐야? 뜬금없네."

미야비의 표정이 진지해서 나도 젓가락을 내려놓았다.

"그럼 문제입니다. 슈지 씨 눈앞에 빨간 상자와 파란 상자가 놓여 있습니다. 그중 하나가 '정의의 상자'고 다른 하나가 '반정의의 상자'입니다. 자, '정의의 상자'는 어느 쪽일까요."

나는 한참 생각하고는 대답했다.

"그것만으로는 알 수 없어. 힌트 같은 거 없어?"

"역시 슈지 씨. 정답이에요."

"응?"

"정답은 '알 수 없다'예요. 어느 쪽이 정의인지 사실은 아무도 몰라요. 슈지 씨, 그런데 말이죠."

미야비는 나를 똑바로 바라보았다. 그 눈에는 살기와도 비슷한 예리하고 차가운 무언가가 서려 있었다.

"인간은 비교적 간단하게 자신의 머리로 생각하기를 포기해버려요."

나는 무슨 말인가 묻고 싶었지만 미야비가 풍기는 분위기에 눌려 말이 나오지 않았다.

"슈지 씨, 전에 내가 왜 이 회사에 입사했는지 물었죠? 좀 긴데, 내 인생 이야기 들어줄래요?"

씩 웃은 미야비 얼굴은 각오를 굳힌 것처럼 보였다.

나는 고개를 작게 끄덕였다.

“나는 어릴 적부터 인기인이었어요. 그때도 반에서 제일 인기 있는 여자애에게 고백받았는데, 전혀 내 스타일이 아니라 거절했죠.”

나는 진지한 얼굴로 ‘응응’ 하고 고개를 끄덕였다.

“나는 자신감이 넘치는 잘나가는 여자애에게는 전혀 관심이 없었어요. 음, 귀엽기야 하겠지만 확 끌리는 게 없다고 해야 하나. 그보다는 교실 한쪽에서 책을 읽는 아이가 신경 쓰였거든요. 얘가 웃으면 어떤 얼굴이 될까 궁금했죠. 내가 웃게 해주고 싶었어요. 그러다 뜻밖에 웃는 얼굴이 귀엽기라도 하면 진짜 위험하거든요. 나만 아는 그 애의 웃는 얼굴…… 알아요, 그런 거? 슈지 씨도 알죠?”

뭔 얘기야. 나는 김이 빠졌다.

“아무튼…… 뭔지 모르겠는 건 아닌데……. 하지만 나는 둘 중에 고르자면 딱 봐서 귀여운 쪽이…….”

“하아……! 아직 어리네요.”

“……뭔 얘기를 하는 거야.”

“아, 맞다 그렇지. 입사 계기 말이죠. 하지만 그 전에 인기 있는 여자애 얘기가 먼저예요."

이 상태로 이야기는 진척이 될까. 나도 모르게 손목시계를 보았다.

"그 마돈나를 무시한 게 내 인생이 망가진 계기예요. 반의 최고 인기녀를 '와앙' 하고 울리면, 처음에는 여자애들의 적으로 취급을 받겠죠? 그러다 얼마 안 있어 마돈나를 좋아하는 남자애들한테까지 소문이 퍼지는 거죠. 진짜 지옥이에요. 매일매일 학교 갈 때마다 내 편이 줄어들었어요."

학창 시절에는 흔히 있는 이야기다. 나는 잠자코 다시 고개를 끄덕이기 시작했다.

"그래도 별로 신경 쓰지 않았죠. 친한 애 몇 명만 있으면 되니까. 그런데, 그게 바보 같은 생각이었어요."

미야비는 눈앞에 놓인 먹다 남은 카레 접시를 옆으로 쓱 치우고 양쪽 팔을 테이블 위에 올려놓았다.

"내 편이 아닌 쪽 숫자가 늘어나면서 어느새 나와 '친하게 지내지 않는다'는 게 '정의'가 된 거예요. 지금까지 나랑 '친하게 지낸다'를 선택했던 녀석까지 '어? 나 소수파인가?'라고 생각했겠죠. 그 사실을 깨닫더니 가장 친했던 친구까지 나를 무시하기 시작했어요."

뒷이야기가 예상돼서 마음이 아팠다.

"걔한테 무시당했을 때, 진짜로 충격이었어요. 그래서 용기를 내서 물었죠. 왜 무시하느냐고. 그랬더니 걔가 시선을 휙 피하면서 이렇게 말했어요."

미야비는 일단 말을 끊고 나서 이야기했다.

"다들 그러니까."

말이 나오지 않았다.

"내 말 맞죠? 인간은 간단히 자신의 머리로 생각하기를 포기해버려요."

미야비는 이야기를 계속했다.

"걔가 특별히 잘못한 건 아니에요. 그저 많은 쪽으로 흘러갔을 뿐이죠. 편한 쪽으로 휩쓸렸을 뿐이에요. 걔가 보기에 다들 나를 무시하는데 왜 자기한테만 뭐라고 하나 싶었겠죠."

"그래서…… 어떻게 됐어?"

조심스레 묻는 나에게 미야비는 태연히 대답했다.

"별일 없었어요. 괴로운 그 일이 겨울방학 끝난 뒤의 이야기였거든요. 오 학년이 되고 반이 바뀌면서 다들 흩어지니까 자연히 사라졌어요."

"그랬구나. 다행이네……."

나는 안도했지만 미야비는 눈살을 더 찌푸렸다.

"그런데 거기서부터 진짜 내 문제예요."

미야비는 5학년이 되어 야구부에 입단했다고 한다.

야구가 좋았던 건 아니지만 알기 쉬운 '무언가'에 소속되고 싶었다고 한다. 그는 '까까머리로 한눈에 야구부란 걸 알잖아요'라며 웃었다.

"학교는 도망칠 곳 없는 세계잖아요. 그러니까 필사적으로 살아남을 방법을 생각했어요. 그래서 내가 한 일이 틀렸다고 생각하지 않았어요."

"무슨 일이 있었어?"

미야비는 짧게 한 번 심호흡하더니 마음을 굳힌 듯이 이야기를 시작했다.

"어느 날 사 학년 때 나랑 제일 사이좋았던 그 녀석이 말을 걸어왔어요. '다들 그러니까'라면서 날 무시했던 그 애요. 그 뒤로 한마디도 하지 않았는데 어느 날 갑자기 말을 붙이더라고요. 아무 일도 없었던 것처럼요. 정말 아무렇지 않게, 친구처럼."

미야비는 한쪽 볼을 찡그리며 "아마 슈지 씨처럼 강한 사람이라면 그걸 흔쾌히 받아들여주었겠죠"라며 미소 지었다.

"하지만 나는 그렇게 상냥하지도 강하지도 않았어요. 완전 열이 받았죠. 이 자식 뭐야. 이제 와서 왜 이러는 거야."

미야비는 입을 열지 않는 나를 차분히 바라보며 말했다.

"나도 그 애를 무시했어요."

미야비의 표정이 점점 괴로워하는 얼굴로 바뀌었다.

반 아이들은 미야비가 그 애를 무시한다는 사실을 금방 눈치챘다. 처음 관심을 가진 애는 같은 야구부원이었던 모양이다.

"너 왜 저 녀석 무시하는 거야?"

그 질문에 미야비는 딱 한마디, 이렇게 대답했다.

"재 왠지 열 받아."

그 아이는 고작 그것만으로 한 달 뒤 반에서 고립되었다.

"처음에는 야구부 애들이, 그러다 그걸 본 다른 반 애들이, 그러더니 어느새 '재랑은 이야기하지 않는다'가 모두의 '정의'가 되었습니다."

나는 미야비에게 뭐라고 말을 해야 좋을지 고민했다. 하지만 단 한 마디도 떠오르지 않았다.

"계기는 틀림없이 나예요. 어쩌지 싶었어요. 나 때문에……. 하지만 어느 순간부터 생각하기를 관뒀죠."

나는 미야비가 이전에 한 말을 떠올리고 흠칫 놀랐다.

"이후 그 상황에 대해 더 이상 생각을 하지 않게 됐어요. 내 탓이 아니니까. 나는 정말로 화가 나서 무시한 거니까. 나머지는 다들 멋대로 했을 뿐이니까. 애초에 나를 무시한 저 녀석이 잘못한 거라고 애써 자기 합리화를 했죠. 생각하기를 포기하고 나는 인간이 아니게 된 겁니다."

미야비는 입원한 나에게 말했었다.

'인간은 생각하기를 포기한 순간, 인간이 아니게 됩니다.'

그때는 다른 사람을 두고 하는 말이라고 생각했다. 그런데 자신을 향한 말이었던 건가.

"하루는 그 애가 체육관 뒤에서 맞는 걸 봤어요."

그 광경을 떠올렸는지 미야비는 눈살을 찡그렸다.

"나는 엄청나게 무서웠어요. 인생에서 가장 머리를 많이 써서 생각했어요. 그리고 때리는 놈들에게 말을 걸었죠."

미야비 눈가의 주름이 더욱 깊어졌다.

'이런 한심한 녀석이랑 얽힐수록 시간 낭비야. 이런 놈은 무시해버려.'

아마도 그것이 당시 미야비가 할 수 있는 최선의 말이었을 것이다.

"반에서 권력으로 치면 '갑 오브 갑'이었던 내 말은 절대적이었어요. 때리던 녀석들은 그대로 돌아갔죠. 나는 다행이라고 생각했습니다. 하지만 그 애는 이튿날부터 학교에 오지 않았어요."

미야비는 고개를 떨어뜨리고 입술을 한 번 꽉 다물었다.

"나는 줄곧 스스로에게 속삭였어요. 내 탓이 아니야, 나 때문이 아니야. 나를 먼저 무시해서 똑같이 무시해준 것뿐이야. 그 뒤에 아무 짓도 하지 않았어. 어제도 개를 구해준 거잖아. 나는 잘못이 없어."

주문을 외는 것 같았다.

"하지만 그 애는 아마 잊지 않았겠죠……. 인생을 엉망으로 만든 나를 분명 지금도 원망하고 있을 거예요."

미야비는 떨구고 있던 고개를 억지로 들어 올렸다.

"나는 한 사람의 인생을 망가뜨렸잖아요. 나 자신이 쓰레기 같아서, 줄곧 그 생각이 마음 어딘가에 있었기 때문에 히어로가 되고 싶었어요. 히어로를 제작하는 히어로가 돼서 그 혐오스러운 생각을 떨치고 싶었어요. 그래서 이 회사에 입사했습니다."

미야비는 "길었죠. 들어주셔서 감사합니다"라면서 웃었다.

내가 무슨 말을 해야 미야비 마음속의 질척질척한 것이 사라질까, 그것만 생각했다.

미야비가 다시 입을 열었다.

"도모짱의 스토커, 그 녀석일지도 몰라요."

차가운 미야비의 눈빛에 오스스 식은땀이 흘렀다.

"말도 안 돼……."

부정하려고 했지만 말이 바로 나오지 않아 침을 삼켰다.

"그 애랑 닮았어요."

"설마…… 우연이겠지. 우연히 닮은 사람이었을 거야……."

나는 어떻게든 목소리를 쥐어짰다.

"만약 그 애라면…… 그 녀석이 진짜로 찔러 죽이고 싶었던 사람은 도모짱이 아니에요……."

미야비는 진지했다.

"말도 안 되는 소리 하지 마. 그럴 리가 없잖아. 틀림없이 기분 탓이야."

머릿속에 맴도는 불길한 예감을 나는 애써 억눌렀다.

그날은 호텔에 머무는 도조 선생님에게 "커피라도 마시지 않겠어?"라며 오랜만에 호출이 왔다.

점심을 먹고 미야비와 함께 도조 선생님이 묵고 있는 호텔로 향했다.

"오늘은 사람이 많다 했더니 연휴인가."

"연휴 중간 날이네요. 다들 어디 가는 걸까요."

그러고 보니 이 회사에서 일하기 시작한 뒤로 연차를 낸 적이 없었지만, 신기하게도 괴롭지 않았다. 규정된 시간만 지키면 근무일이나 출퇴근 시간은 자유라고 사장님께 들었지만, 지금은 좀 더 많은 일을 해보고 싶다는 의욕으로 머릿속이 가득했다.

교차로에 도착했을 때 문득 전봇대에 시선이 갔다. 그곳에는 여전히 손수건 주인을 찾는 벽보가 붙어 있었다.

"미야비, 저 전봇대 좀 봐. 요새 보기 드문 벽보가……."

돌아보자 미야비가 쿵, 하고 누군가와 부딪혔다.

"괜찮아?"

나는 웃으면서 미야비에게 다가갔다.

미야비는 손으로 배를 누르고 있었다.

"미야비! 왜 그래? 배가 아파?"

우두커니 서 있는 미야비에게 다가가 배를 잡고 있는 손을 들여다보았다.

순간 숨이 멈추는 듯했다. 미야비의 손가락 사이로 칼자루 같은 것이 보였다.

"미야비……?!"

내가 소리치자마자 미야비는 무릎부터 무너지듯 땅바닥에 쓰러졌다.

"미야비!"

주변 사람들이 '꺄악' 하고 소리 질렀다.

눈 깜빡할 사이에 넘쳐흐르는 피가 미야비의 손을, 땅바닥을 검붉게 물들였다.

"좀 위험하네요…… 이거…… 진짜예요……."

"미야비! 회사에 전화를……!"

"……하기 전에 구급차를 불러주시면……."

얼굴을 찌푸린 채, 미야비가 쉰 목소리로 말했다.

"맞다, 구급차!"

지나가던 사람들 사이에서 "지금 불렀어요!" 하는 소리가 들렸다.

"슈지 씨…… 웃기지 말아주세요……."

미야비가 얼굴을 일그러뜨리면서도 웃음을 지으려는 게 보였다.

"미야비, 더 말하지 마!"

"그 말…… 드라마에서 자주 듣던 말이네요……."

미야비는 헉헉, 짧고 거칠게 숨을 쉬었다.

"말하지 말라니까!"

"그런 말을 들은 녀석은 대부분 죽는다고요……."

"그만해!"

입고 있던 셔츠를 벗어 피가 흐르는 미야비의 배를 눌렀다. 셔츠는 순식간에 빨갛게 물들고, 미지근한 피가 내 손바닥까지 물들였다.

"인과응보네요……."

"금방 구급차가 올 거야!"

"나…… 그때…… 틀림없이 그 애의 마음…… 찔러 죽였어요……."

그 녀석…… 역시 그 녀석이었나.

도모코를 찌르려 했던 스토커는 역시 미야비의 동창인 그 녀석이었던 거다. 그리고 미야비가 '그때'의 친구라는 사실도 알아차린 것이다.

"……괜찮아! 미야비, 괜찮아! 너는 끈덕지니까! 이런 일로는 안 죽어!"

"그런 캐릭터도…… 잘만 죽는다고요……."

"그만하래도!"

"슈지 씨…… 나도…… 드라마 같은 말, 해도 될까요……."

이제 미야비가 숨을 헐떡거렸다.

"뭐야……."

"나…… 히어로가…… 되었나요?"

내 눈에서 참지 못하고 눈물이 흘렀다.

"됐고말고! 넌 히어로야! 그러니까 죽지 마! 만화에서도 애니메이션에서도 영화에서도 히어로는 죽지 않아!"

멀리서 구급차의 사이렌이 들렸다.

"구급차 만든 사람은…… 진정한 히어로예요……."

미야비는 그렇게 말하더니 다시 한 번 숨을 깊이 뱉고 조용히 눈을 감았다.

감은 눈꼬리에서 한 줄기 눈물이 흘렀다.

"미야비!"

사이렌에 뒤섞여 내 절규가 거리에 울려 퍼졌다.

"더는 싫어! 더는 이런 일 싫어!"

조용한 병원에 다사키 마이의 비명 같은 외침이 울렸다.

"어째서! 어째서 미야비가……! 미안…… 미안해……!"

다사키 마이는 허리를 숙이고 울음을 터뜨렸다.

미야비를 찌른 범인은 피가 묻은 셔츠를 입고 도망친 바람에 경찰관에게 체포되었다.

나중에 나는 경찰의 현장 검증에 참여해야 했다. 돌아보았을 때 남자가 미야비와 어떻게 부딪혔는지 진술하는 게 마치 내가 아닌 것 같은 기분이 들었다.

드라마를 촬영하는 것처럼, 내가 아닌 누군가를 연기하는 것처럼 몹시 냉정했다.

“야아, 역시 히어로는 그런 곳에서 죽지 않는 법이네요.”

면회 금지가 풀린 미야비는 병원 침대 위에서 아직 상처가 완전히 아물지 않은 배를 문지르면서 말했다.

출혈치고는 상처가 깊지 않았다. 애초에 찌른 칼은 살상력이 낮은 짧은 과도였다.

“거봐, 내가 죽지 않는다고 했잖아.”

“등장인물이 죽을 때 나오는 대사들을 슈지 씨가 너무 정석대로 다 늘어놓아서 도중에 이러다 나 진짜로 죽는 건가 싶었다고요.”

“그런 말 늘어놓지 않았어.”

“아, 그리고 조사해봤는데요, 만화도 애니메이션도 영화도 마지막에 죽는 히어로 꽤 있더라고요?”

“뭘 조사한 거야.”

“하지만 내가 죽으면 그 애가 살인범이 되잖아요. 그건 역시 저지해야겠죠.”

“……그렇지.”

“상처가 나으면 면회하러 가볼게요. 나도 그 녀석에게 사과해야 할 일이 있으니까.”

"응. 그렇게 해."

나는 미야비를 자랑스럽게 여겼다.

"미야비……!"

다사키 마이가 꽤나 허둥거리며 왔는지 숨을 헐떡이면서 병실로 뛰쳐 들어왔다.

"미야비……. 미안……. 미안해……."

다사키 마이는 그렇게 말하며 울음을 터뜨렸다.

"도모짱, 아니에요. 이건 내 탓이에요. 상대가 나라서 녀석이 이렇게까지 한 거예요."

미야비는 흐느껴 우는 도모코에게 초등학생 시절 이야기를 처음부터 설명했다.

도모코는 조금씩 울음을 그치고 '응응' 하고 고개를 끄덕이며 미야비의 이야기를 열심히 들었다.

한차례 설명을 마치고 "그러니까 내가 다친 건 전부 내 책임이라고요"라며 미야비는 상냥하게 웃었다.

"만약 당신한테 혹시 모를 일이 생기면, 나는……."

도모코는 다시 양손으로 얼굴을 덮었다.

"나는 대체 쇼코 씨에게 뭐라고 사과해야 할지…… 계속 고민하다가……."

도모코는 얼굴에서 떼어낸 양손을 기도하듯 굳게 모아 쥐면서 이야기했다.

"쇼코도 도모짱이 심적으로 내몰려 있지 않을까, 그걸 가장 걱정했다고요. 그러니까 도모짱은 여배우로서 앞으로도 우리를 즐겁게 해줘요. 약속해요."

도모코는 눈물이 가득 괸 눈동자로 고개를 끄덕였다.

얼마 되지 않아 매니저가 도모코를 데리러 왔다.

나는 도모코를 전송하고 문득 미야비에게 궁금했던 점을 물었다.

"그런데 쇼코 씨가 누구야? 미야비의 여동생인가?"

"아, 부인이에요."

"아, 부인이구나."

……응, 뭐?

"뭐어어어어어?!"

"뭐, 뭡니까?"

"뭡니까가 아니라! 너, 결혼했어?"

"어? 몰랐어요?"

"몰랐다고!"

"진짜요?"

"어? 그럼 도모짱은?"

"도모짱이 뭐요?"

"도모짱이랑 사귀는 거 아니야?"

"네?"

미야비는 눈을 동그랗게 뜨더니 '으햐햐' 하고 이상한 목소리로 웃었다.

"잠깐만요, 진짜로…… 너무 웃기지 말아…… 아야얏."

미야비는 배의 상처를 손으로 누르면서 눈물까지 글썽이며 웃었다.

"도모짱은 쇼코에게 요리를 배우러 온 거예요. 제 아내는 취미 수준으로 요리 교실도 하거든요. 늘 파파라치들을 잘 따돌렸었는데, 이번에는 도모짱이 약속 시간을 잘못 알고 빨리 오는 바람에 사진을 찍혔어요."

"그런 거야?!"

"그렇다고요. 그러니까 내일 주간지에는 제대로 된 정정 기사도 실릴 거예요."

"그러면 왜 처음부터 기사가 난 거지."

미야비는 아직도 배를 문지르면서 이야기했다.

"도모짱은 히어로즈에 의뢰한 사실을 소속사에 말하지 않았나 봐요. 내가 일반인이라 주간지에 실린다는 이야기가 도모짱의 소속사로만 전달됐지 뭐예요. 그래서 이야기가 복잡해졌어요. 도모짱의 소속사도 당황한 것 같아요. 대응이 늦어져서 기사가 뜨고, 진짜로 타이밍이 나빴어요."

뭐야. 두 사람이 앞으로 어떻게 될지 가슴 아파한 나는 대체 뭐였던 거야.

눈물 어린 눈으로 깔깔 웃는 미야비를 나는 원망스러운 눈빛으로 바라보았다.

병원을 나오자 내 앞으로 덩치 큰 검은색 차가 다가왔다. 끼익, 하고 멈춰 서더니 위잉, 하고 창문이 내려갔고 그 안에서 선글라스를 낀 다사키 마이가 얼굴을 내밀었다.

나에게 까딱까딱 차에 타라고 손짓했다. 뒷좌석에 올라타자 운전석에 있던 매니저가 깍듯이 인사했다.

"미야비가 무사해서 정말로 다행이야."

다사키 마이는 선글라스를 벗으면서 말했다.

"그 녀석 늘 운이 따르는 편이니까요."

다사키 마이는 그렇게 말한 내 눈을 가만히 보고 나서 고개를 살짝 숙였다.

"나는 말이지, 이상하게 안달이 났어……. 어떻게든 나가사와 감독의 영화에 출연하고 싶었어. 요리도 이번 역할에 필요

해서 배우려고 한 거야. 하지만 역시 소속사에 말 안 하고 제멋대로 행동하는 게 아니었어. 이번에 정말 데었어."

이전보다 훨씬 솔직해진 다사키 마이를 보며 틀림없이 그녀는 앞으로 더 대단한 배우가 될 거라고 생각했다.

"과연 성공으로 가는 지름길은 멀리 돌아가는 길이네요."

"그 말, 명심해둘게."

"이번에 멀리 돌아간 길은 분명히 성공으로 이어지는 길이 될 거예요."

"……고마워."

다사키 마이는 부드럽게 미소 지었다.

"나가사와 감독은 나에게 배우라는 꿈을 꾸도록 만든 사람이야. 초등학생 때 그의 영화를 보고 한눈에 반했지. 연기자가 아니라 그 영화 자체에 마음을 빼앗겼어. 언젠가 주인공으로 그의 영화에 출연하고 싶다고 생각하며 이 세계에 들어왔어."

"그랬군요."

"이제 히어로즈에 부탁하지 않고 차근차근 노력할 거야. 언젠가 내가 진짜 히어로가 되는 날까지."

"네. 기대되는 청순파 여배우니까요."

나는 씩 웃었다.

"……왠지 열 받아."

"죄송합니다."

"하지만 당신을 싫어하지는 않아."

"감사합니다."

"애인으로는 도저히 무리지만 친구는 되어줄 수도 있어."

"감사합니다."

"존댓말 그만해. 그 사무적인 느낌이 싫다고."

"하지만 저는 존댓말을 쓰지 않으면 독설가가 돼서요."

"괜찮네. 어두운 당신도 한번 보고 싶어."

"그럼 조만간에."

"조만간……. 당신은 정말 대충 대충하는 사람이야."

다사키 마이는 힐끗 나를 노려보았다.

"죄송합니다."

쓴웃음 짓는 나에게 그녀는 새침하게 "그럼 또 봐" 하고 말했다.

"힘내세요."

나는 힘차게 말하고 차에서 내리려고 문손잡이를 잡았다.

"그때…… 혼자 있게 해줘서 고마워."

"네?"

돌아보니 그녀는 방긋 웃었다.

"또 함께 바다에 가자."

"네. 꼭, 언제 또 가요."

나도 생긋 웃었다.

차에서 내리자 다시 창문이 윙, 하고 내려갔다. 차창으로 얼굴을 내민 다사키 마이가 활짝 웃으며 손을 흔들었다.

"안녕, 슈지!"

주위 사람들이 일제히 나를 쳐다보았다.

나까지 누군가에게 찔리면 어쩔 거야.

나는 쓴웃음을 지으며 달리는 차 뒤꽁무니에 대고 작게 손을 흔들었다.

이튿날, 일찌감치 일을 마치고 미야비의 병실을 찾아가자 사장님 모습이 보였다.

"사장님, 안녕하세요."

"아, 슈지 군. 수고가 많군."

이렇게 자주 병문안을 오다니, 정말로 사원을 아끼는 사장님이로군.

나는 병문안 선물을 어디에 둬야 할지 몰라 들고 있었다. 이미 미야비의 머리맡부터 발치까지 병문안 온 이들이 두고 간 꽃과 선물로 가득했다.

"병문안을 와줘서 고맙네."

“아닙니다. 미야비에게는 늘 도움을 받고 있으니 이 정도는 해야죠.”

“그럼 나는 먼저 가지. 미야비, 잘 쉬고.”

“괜찮아요. 진짜 걱정도 병이라니까.”

미야비는 사장님과 대화한다고 생각되지 않을 정도로 털털하게 대답했다.

“그럼 슈지 군, 다음에 보세.”

사장님은 그렇게 말하고 성큼성큼 돌아갔다.

“미야비는 사장님이랑 진짜 사이가 좋구나.”

“음, 사이는 좋죠. 나를 이 회사로 끌어들인 사람도 사장님이고.”

“그랬구나!”

그러고 보니 전에 미야비는 ‘엘리트 코스’로 입사했다고 들었는데, 사장이 직접 스카우트한 것인가.

“너는 역시 내 생각보다 엄청난 사람이었구나.”

나는 병문안 선물을 건네면서 진지하게 말했다.

미야비는 “뭐예요, 그게”라며 깔깔대고 웃었다.

“오늘 부인은 오지 않았어?”

“낮에 왔었어요.”

“아깝다. 만나고 싶었는데. 다음에 소개해줘.”

"좋아요. 하지만 소개라고 해야 할지……."

말을 멈추고 미야비는 의미심장하게 나를 바라봤다.

"뭔데 그래."

"슈지 씨도 아는 사람인데요?"

"응?"

"제 아내."

"엇, 누구! 누구야?"

놀란 나를 보고 미야비는 못된 장난꾸러기 같은 미소를 지었다.

"누구 같아요?"

내가 아는 사람이라면 회사 사람……?

"설마…… 링링?!"

"아니에요! 진짜 슈지 씨는 엉뚱해요."

미야비는 또 깔깔댔다.

그때 똑똑 노크 소리가 들리고 간호사가 들어왔다.

"사와노 님, 병문안 오신 분이 계시는데 안내해도 될까요?"

미야비가 "물론이죠"라고 대답하자 뒤에서 기모노를 입은 할아버지가 수행원에게 부축받으며 들어왔다.

"여어 미야비 군, 몸은 어떤가."

"아! 오이 회장님, 오랜만에 뵙습니다. 이제 말짱해요."

"칼에 찔렸다는 말을 듣고 깜짝 놀라서 달려왔네."

"죄송합니다. 이야기가 요란해져서. 사실은 그렇게 크게 다치지도 않았어요."

"그런가. 다행이로구먼. 자네에게 만약의 사태가 생기면 여러 가지로 큰일이야. 아버님도 쓰러지지 않겠나."

"하하. 맞아요. 졸도해버리실 거예요."

회장이라 불린 할아버지는 '위문품'이라 적힌 두꺼운 봉투를 꺼내더니 사양하는 미야비에게 억지로 떠맡기며 "뭐 필요한 것이 있으면 언제든 말씀하시게"라며 못을 박았다.

나는 그 광경을 마치 TV드라마를 시청하듯 바라보며 '역시 어딘가의 회장님은 다르구나' 하고 생각했다.

"조만간에 아버님께도 인사를 하러 찾아뵐 테니 안부 전해주시게."

회장은 미야비의 손을 세게 쥐고 흔들며 몇 번이고 고개를 끄덕였다.

"그래야죠. 조금 전까지 여기에 계셨어요. 또 조만간 오실 테니 잘 전하겠습니다."

미야비는 평소와 다름없는 모습이었다. 정말로 이 사람은 거물일지도 모른다.

회장이 돌아간 뒤에 나는 문득 미야비의 말이 마음에 걸렸다. 조금 전까지 여기에 있었다……? 조금 전까지 여기에 있던 사람은 우리 사장님인데.

그 순간 머리에 전류가 흘렀다.

설마……!

나는 미야비의 어깨를 꽉 쥐고 외쳤다.

"미야비 아버지가 사장님이야? 너 사장님 아들이었어?"

미야비는 놀라서 새파래진 내 얼굴을 보며 "아뇨, 어떻게 보면 아들이라고 할 수 있기는 한데"라고 말꼬리를 흐렸다.

"어떻게 보면이라니, 그게 무슨 소리야!"

"아니, 그러니까요. 장인어른이라는 말이죠."

"장인어른?"

"아내 아버지가 우리 회사 사장님이에요."

"아내의…… 뭐야……."

뭐야, 아내의 부친이 사장…… 응……?

"네 부인이 사장님 딸?!"

그야말로 엘리트 코스군. 그러니 사장님이 몇 번이고 병문안을 오지.

모든 것이 납득됐다.

"그게 뭐야! 남자 신데렐라잖아!"

"음, 보통 사람들은 그렇게 말하죠. 뭐, 특별히 아무런 이득도 없지만요."

그러니까 어딘가의 높으신 회장님도 두꺼운 봉투를 들고 병문안을 오겠지.

그렇다면…….

"내가 사장님 딸이랑 만난 적이 있어?"

"네. 다들 있어요."

그 비키니 이야기에 나온 딸인가. 나는 머리를 굴렸다.

"회사 사람?"

"네."

미야비는 벌써 웃음을 참고 있는지 한쪽 볼을 실룩거렸다.

"앗, 맞아! 아까 분명히 간호사가 너를 '사와노'라고……."

머리맡에 붙어 있는 이름표를 확인하자 분명히 '사와노 미야비'라고 적혀 있었다.

"사와노, 사와노…… 사와노라면 분명 어디선가……."

허공을 노려보며 중얼거리는 나를 보며 미야비가 "풉" 하고 웃음을 터뜨리는 소리에 뭔가 떠올랐다.

"맞아, 사와노! 접수처에 있는 미인!"

"빙고."

미야비는 깔깔 웃으면서 손가락으로 브이를 그렸다.

"말도 안 돼!"

나는 미야비의 발치에 쓰러졌다.

"너 뭐야! 마돈나는 싫다고 해놓고서!"

"그러니까, 전에 말했잖아요. 교실 구석에서 혼자 책 읽는 여자애. 기억나요?"

"응, 기억나."

"그 애가 지금의 아내예요."

"뭐어?!"

"그 당시부터 분명히 엄청 미인이 될 거라는 걸 알고 있었다고요. 나는 사람 보는 눈 하나는 있어요. 완전 로또였죠."

"속았어! 엄청 열받아!"

"뭐예요오."

미야비는 눈물을 훔치면서 계속 웃었다.

"더는 숨긴 거 없겠지!"

"별로 숨길 생각도 없었는데요."

미야비는 또다시 소리 내서 깔깔 웃었다.

"아니, 너한테는 틀림없이 아직 감춰진 비밀이 있을 거야! 반드시 캐내서 전부 폭로해주마!"

"슈지 씨, 왜 그렇게 웃겨요?"

"하나도 안 웃겨!"

내 머리는 폭발하기 직전이었다.

호화로운 책상 위에는 여전히 새하얀 종이가 흩어져 있다.

몇 시간이나 이 앞에 앉아 있었을까.

어느새 널찍한 창문으로 비쳐들던 빛은 사라지고 실내가 어두워졌는데도 깨닫지 못했다.

천천히 일어나 욕실 불을 켰다.

전등의 눈부심에 눈을 찡그렸다.

수도꼭지를 비틀자 따뜻한 물이 콸콸 쏟아진다.

욕조에 채워지는 물을 그저 바라만 본다.

넘쳐 흐른 물이 발을 적시도록 그저 바라만 보고 있었다.

STEP_05
다시 만난 갈림길

그날은 오랜만에 연차를 썼다. 침대에서 뒹굴뒹굴하는데 휴대전화가 드르르 진동했다. 미치노베 씨 이름이 화면에 떴다.

"슈지 군, 죄송합니다. 긴급한 연락입니다. 당신 힘을 빌리고 싶은데 지금 어디에 계십니까?"

"집에 있어요. 무슨 일이세요?"

웬일로 긴박한 미치노베 씨의 목소리에 침대에서 벌떡 일어났다.

"자세한 이야기는 나중에 하겠습니다. 본사까지 와주실 수 있겠습니까?"

나는 "바로 갈게요!"라며 전화를 끊었다.

본사의 자동문이 열리자 미치노베 씨가 기다리고 있는 게 보였다.

"미치노베 씨, 대체 무슨 일이에요?"

우리는 빠른 걸음으로 걸으면서 이야기를 나눴다.

"슈지 군, 빨리 와주셔서 정말 감사합니다. 사실은 그저께 밤부터 도조 선생님과 연락이 되지 않습니다."

"호텔에는 없었나요?"

"네. 어젯밤부터 호텔에서 대기했지만 돌아오시지 않았습니다. 물론 방 안도 뒤졌지만 계시지 않았습니다. 다만……."

"다만 뭐죠?"

"욕조 안에…… 휴대전화가 빠져 있었습니다."

"욕조요……?"

등에 차가운 전류 같은 것이 흘렀다.

"고향 섬은요?"

식은땀이 볼을 타고 흐른다.

"그쪽은 출판사 분이 지금 가고 있습니다. 고향 집에도 연락했지만 현재까지 딱히 연락은 없는 모양이고……."

미치노베 씨는 엘리베이터 버튼을 누르고 초조한 듯한 모습으로 시계를 보았다.

"욕조에 휴대전화……."

그 단서가 내 머릿속 무언가에 걸렸다.

"짚이는 데라도 있으십니까?"

……맞다.

어느 에피소드를 떠올린 나는 몸을 뒤로 돌렸다.

"역으로 가시죠!"

"알겠습니다! 몇 호선을 타죠?"

미치노베 씨가 빠르게 내 뒤를 따라왔다.

"일단 가보면 알 것 같아요!"

역에서 티켓을 사고 급행열차에 올라탔다. 기차의 흔들림에 따라 덜컹거리면서 미치노베 씨에게 설명했다.

"옛날에 선생님이 인기를 얻기 전, 주간지 후기 공간에 종종 빈곤 에피소드를 그렸어요. 돈이 없을 때 삶은 달걀만 계속 먹다가 쓰러져서 병원에 실려 갔다거나, 대부분 자학적인 소재를 우스꽝스럽게 그려서 전 그 만화를 무척 좋아했어요."

그 이야기들은 정말 바보 같은 내용이었지만 완벽히 도조 하야토다운 이야기이기도 했다.

도조 하야토가 그리는 이야기에는 늘 인간 냄새가 나고, 어딘가 우스꽝스러운 면이 있었다. 그것이 그의 매력이었다.

"그 에피소드 중 하나에 이런 이야기가 있었어요."

당시 도조 하야토는 내몰릴 대로 내몰려 있었다. 도무지 소재는 떠오르지 않고 시간만 흘렀다. 마감은 점점 가까워진다. 담당자의 전화가 계속 울린다. 당시 담당자는 엄격한 사람으로 의논할 용기조차 나지 않았다.

막다른 곳까지 내몰린 심정으로 도조 하야토는 욕조에 더운물을 받았다. 그리고 끊임없이 벨이 울리는 휴대전화를 욕조 속에 빠뜨렸다.

이번 행동은 그 에피소드와 완전히 똑같은 상황이었다.

그 에피소드에서 도조 하야토는 입고 있는 옷 한 벌 외에 빈손으로 집을 나왔다고 한다. 주머니에 있던 돈을 탈탈 털어 전철을 타고 갈 수 있는 곳까지 가려고 했다는데, 그는 당시 심경을 '아무튼 도망치고 싶었다'고 표현했다.

한참 달리다보니 차창 밖으로 예쁜 바다가 보였고, 뭔가에 홀린 듯 그 역에서 내렸다. 바닷가에서 기적적으로 소재가 떠올라 서둘러서 도쿄로 돌아와보니 실종 신고를 하기 직전이었다는 내용이다.

"그렇군요."

미치노베 씨는 차분한 얼굴로 내 말을 들었다.

"우선 선생님의 집에서 바다가 있는 방향으로 전철을 타고 가다가 차창 밖에 바다가 보이면 거기서 내리시죠."

미치노베 씨는 "그러지요"라며 고개를 크게 끄덕였다.

"그런 이야기도 그리셨군요. 지금까지 그리신 작품은 전부 봤다고 생각했는데……. 이것 참, 제 공부 부족이었습니다."

"어쩔 수 없어요. 당시 월간지 뒤쪽에 덤 정도로 실린 거라서 단행본으로 나올 때에 그 이야기는 실리지 않았으니까요."

"정말로 오래된 팬이라서 아는 것이군요."

"저는 도조 하야토의 만화와 함께 청춘을 보냈으니까요."

부디 선생님이 무사히 발견될 수 있기를. 나는 간절히 기도했다.

우리 둘은 전철에 앉아 덜컹거리며 가는 내내 도조 선생님에 대해 이야기를 했다. 내가 도조 하야토라는 만화가를 왜 좋아하는지, 지금까지 본 만화 중 가장 좋아하는 장면은 무엇인지 등 실없는 이야기였다. 미치노베 씨는 눈을 가늘게 뜨고 내 열변에 귀를 기울였다.

"하지만 『톤 앤 톤』이 급격하게 인기를 얻은 것은 놀랐어요. 그것도 혹시 미치노베 씨가 한 일인가요?"

『톤 앤 톤』은 연재 초반부터 히트를 친 것이 아니었다. 어느 날 한 남성 인기 블로거가 올린 사진에 책 표지가 찍혀서 그의 팔로워라 불리는 팬들, 특히 젊은 여성들에게 폭발적으로 인기를 얻었다. 원래 도조 하야토의 팬은 남성이 많았는데, 거기에 젊은 여성 팬들이 더해져 그는 일약 인기 만화가로 급부상했다.

미치노베 씨는 생긋 웃었다.

"인기를 얻은 것은 선생님 만화가 재미있었기 때문입니다. 저는 그저 약간의 힘을 실어주었을 뿐이지요."

역시 미치노베 씨가 일을 꾸민 사람이었구나.

"어떻게 한 겁니까?"

"제가 아니라 정확히는 다른 인물인데, 그가 인기 블로거에게 만화를 추천했습니다."

"대체 어떻게요?"

"거기에는 특별한 장치는 없습니다. 그저 그 블로거와 친해져서 추천했다. 그뿐입니다. 사진에 찍힌 것도 완전히 우연입니다. 저는 늘 그의 블로그를 체크했을 뿐이지요. 그러다 사진을 발견하고 '그 만화 재미있죠'라고 코멘트를 남긴 것이 전부입니다. 그 뒤로는 자연히 퍼졌지요."

"인기 블로거와 친해지다니, 그게 쉬운 일인가요?"

"그런 일이 특기인 사람도 있습니다."

"틀림없이 미치노베 씨가 무언가 작업을 해놓았을 거라고 생각했어요."

"저에게는 그만한 재능이 없습니다."

미치노베 씨는 천천히 고개를 가로저었다.

나는 전에 미치노베 씨가 한 말을 떠올렸다.

'저는 등에 날개가 달린 남자를 아직 만난 적이 없습니다.'

하지만 나는 미치노베 씨가 이토록 자신을 비하하는 이유를 이해할 수 없었다.

"저는 미치노베 씨가 대단한 사람이라고 생각해요. 저도 언젠가 미치노베 씨처럼 '능력 있는 남자'가 되고 싶은걸요."

그러자 미치노베 씨는 살며시 미소 짓고 말했다.

"슈지 군, 저는 말입니다. 예전에 인생을 한 번 버렸답니다."

예상도 하지 못한 말이었다.

"버렸다고요……?"

"말 그대로 길바닥에 인생을 버려 노숙자가 되었었지요."

나는 놀란 나머지 큰 소리를 내고 말았다.

"미치노베 씨가요……?!"

말하고는 허둥지둥 입을 막았다.

미치노베 씨는 그런 나를 보고도 여전히 상냥하게 미소 지으며 말했다.

"네. 한 달 남짓이었을까요. 오사카의 어느 구역 길가에서 상자를 깔고 살았지요."

"미치노베 씨가…… 말인가요?"

이번에는 소리를 죽이고 물었다.

미치노베 씨는 역시 미소 짓고 있었다.

"네. 그 당시 노미야 사장님을 만났습니다. 그리고 사장님이 슈지 군에게 그랬듯이 저에게도 명함을 만들어주셨습니다. 저는 사장님께 이름을 말한 적이 없었습니다. 그런데도 사장님은 명함을 만들어주셨지요."

이름을 모르는데 명함을 만들어주다니, 어떻게 된 것일까.

내 의문 어린 얼굴을 보고 미치노베 씨는 미소를 지으며 말했다.

"명함에 적혀 있던 이름이 미치노베(길바닥 - 옮긴이)입니다. 그곳부터 기어올라가라는 뜻이겠지요."

"미치노베 씨는…… 본명이 아닌가요?"

"네. 이 이야기를 하는 건 슈지 군이 세 명째입니다. 첫 번째는 미야비 군. 그리고 또 한 사람……, 마지막 세 번째가 슈지 군입니다."

그러고 보니 미치노베 씨에게 받은 명함에는 성밖에 적혀 있지 않았다.

이상하다고 생각했지만 설마 본명이 아닐 줄이야.

"혹시 괜찮다면 미치노베 씨의 인생 이야기를 들려주세요."

"다소 깁니다만, 시간도 때울 겸 들어 주시겠습니까."

미치노베 씨는 조용히 이야기를 시작했다.

미치노베 씨의 이야기는 시간 가는 것을 잊게 해주었다. 이토록 말을 잘 하는 미치노베 씨는 처음이었다. 마침 그의 이야기가 끝날 무렵, 차창 너머로 아름다운 바다가 보였다.

"네 명이 되겠네요."

내가 말했다.

"네?"

"미치노베 씨의 이야기를 듣는 사람요."

나는 미치노베 씨를 바라보았다.

"이제 도조 선생님이 네 명째가 되겠군요. 미치노베 씨는 돌아가는 길 전철에서 다시 한 번 같은 이야기를 하셔야겠어요."

"……딱히 선생님께 도움이 될 만한 내용일까요……."

미치노베 씨는 쑥스러워하며 미소 지었다.

"그야 물론 엄청난 소재가 될 거예요."

바닷가에 도착해 그 주변을 샅샅이 살피며 걸었다. 30분쯤 걸었을 때 미치노베 씨가 난간에 기대 바다를 바라보는 사람의 뒷모습을 가리켰다.

"저쪽입니다."

나는 그 사람이 정말로 도조 선생님인지 분간이 가지 않았지만, 미치노베 씨가 그렇게 봤다면 틀림없을 거라 생각했다. 그 사람 뒤쪽으로 조금 떨어진 곳에서 걸음을 멈추었다.

"갈까요?"

내 말에 미치노베 씨는 부드럽게 미소 지었다.

"지금은 슈지 군 혼자 가시는 게 좋겠어요. 저는 저쪽에서 기다리겠습니다."

나는 고개를 깊이 끄덕였다.

"반드시 함께 돌아가겠습니다."

"도조 하야토 선생님."

그는 뒤에서 자신의 이름이 들리자 움찔하고 몸을 움츠리며 뒤돌아보았다.

그리고 내 얼굴을 확인하더니 안심한 듯이 희미하게 미소를 지었다.

"뭐하세요?"

나는 도조 하야토 옆으로 다가갔다.

"숨을 쉬고 있어."

"그것참, 우연이군요. 저도 그렇습니다."

도조 하야토는 입꼬리를 조금 더 올렸다.

"미치노베 씨 말투를 따라한 건가?"

"들켰나요."

나도 마찬가지로 입꼬리를 들어 올리자 그가 피식 웃었다.

"숨을 들이쉬면 몸 안에 바다 내음이 스며들어 와."

그렇게 말하더니 그는 눈을 감고 양팔을 펼치고 크게 숨을 들이쉬었다.

나도 그를 따라 눈을 감고 양팔을 활짝 펼치며 숨을 들이쉬었다.

"이 향기가 가장 안심이 돼."

철썩철썩 파도치는 소리 말고는 아무것도 들리지 않던 공간에 두 사람의 호흡 소리가 뒤섞였다.

자신이 토해내는 숨소리가 귓속에 멍멍하게 퍼진다.

사람은 호흡하면서 살아간다. 그런 당연한 사실만이 온몸 곳곳에 퍼지는 듯했다.

나는 몇 번인가 심호흡을 되풀이했다.

문득 보니 그는 양손에 작은 과자 봉지와 우유 전병과자를 쥐고 있었다.

"우유 전병과자를 다 드시면…… 저와 함께 돌아가지 않으실래요?"

도조 선생님의 얼굴을 흘끔 보자 그는 똑바로 앞을 응시하고 있었다.

"돌아간다……. 나는 대체 어디로 돌아가는 걸까. 대체 어디로 향하고 있는 걸까."

내가 말을 고르고 있는 동안 그는 천천히 우유 전병과자를 베어 먹었다.

"역시 연유가 없으면 싱거워. 옮은 맛이야."

그렇게 말하며 내 앞에 과자 봉지를 내밀었다. 나는 그 안에서 우유 전병과자 한 장을 꺼내 마찬가지로 조금 베어 물었다.

"정말이네요. 옮은 맛이에요."

"언제 먹어도 똑같은 맛이야."

도조 하야토는 따뜻한 눈빛으로 우유 전병과자를 바라보며 느릿느릿 이야기를 시작했다.

'만화가 도조 하야토'가 걸어온 기나긴 여정에 대한 이야기였다.

대학생이 된 청년 도조는 섬을 떠나와 도시에서 자취를 시작했다. 처음 겪는 도시는 보이는 것 전부가 신선한 충격 그 자체였다.

대학에서 만화연구회에 들어가 그 무렵부터 신인상에 투고를 시작했다.

몇 작품이 가작으로 뽑히더니 대학교 3학년 가을, 드디어 대상을 거머쥐며 재학 중에 데뷔를 이루었다.

데뷔작은 꽤 인기를 얻었다. 본인도 설마 했지만 '도조 하야토'라는 이름은 순식간에 퍼졌다. 물론 데뷔작은 나도 알고 있다. 그 이후 줄곧 도조 하야토의 만화를 찾아 읽어왔다.

도조 하야토는 우쭐했다. 자신에게 재능이 있다고 확신했다.

대학 4학년이 되었을 때, 연재와 학업을 둘 다 하느라 여유가 없던 그는 구직 활동 따위에는 눈길도 주지 않고 만화를 그렸다. 부모는 몇 번이고 취직을 권했지만, 그는 자신의 꿈과 가능성을 믿었다. 빤히 눈앞에 굴러들어온 기회를 버릴 수는 없었다.

도조는 대학을 졸업하고 만화 외길로 먹고살기로 결심했다.

그러나 현실은 그렇게 녹록지 않았다.

데뷔작 연재가 끝난 것이다. 갑작스러운 일이었다.

이유는 지극히 단순했다. 단행본 판매 부수가 떨어졌기 때문이다.

그래도 그는 크게 불안감을 느끼지 않았다. 이미 다음 연재가 결정되어 있었기 때문이다. 이야기는 길게 이어지면 타성에 젖는다. 새로운 이야기를 그리기 시작하면 다시 팔릴 거라고 생각했다.

"내 만화가 재미없을 리가 없다고, 그렇게 믿었으니까."

도조 하야토는 그렇게 말했다.

그러나 그 뒤로도 판매 부수는 점점 떨어졌다. 떨어지면 떨어질수록 판매를 신경 쓰게 되었다. 다음 주에는 판매 부수가 올라갈지도 몰라. 다음 달에는 분명히, 다음 권은……. 그러나 집착할수록 숫자는 내려갔고, 곧 숫자를 듣기가 무서워졌다.

어떻게든 팔아야 한다.

강박관념과도 비슷한 생각에 몇 번이고 찌부러질 뻔했다. 그토록 즐거웠던 그리는 일이 의무가 되었다. 이건 안 된다, 그것도 안 된다, 스스로 선택지를 좁히고 자기도 모르는 사이 자신의 목을 조르고 있었다.

무엇을 그려도 재미있는 이야기처럼 느껴지지 않았다. 무엇을 그려도 즐겁지 않았다. 그래도 만화가의 길을 포기할 수 없었다.

그러다가 팬들에게도 '헤매고 있다'고 비난받았다. '도조 하야토는 이제 끝났다' 그런 소리가 귀에 들려왔다.

마지막 연재를 잘리고, 끝끝내 새로운 연재 제안도 오지 않게 되었다. 통장도 바닥을 드러내려 했다.

그야말로 불행의 구렁텅이였다.

"죽으려고 했어."

도조는 그저 조용히 반짝이는 바다를 바라보며 말했다.

"나에게는 만화밖에 없었으니까. 그리는 것 외에는 살아가는 법을 몰랐으니까."

그는 한 번도 회사에 나가 일한 적이 없었다.

"그게 안 되면 이제 죽는 수밖에 없다고 생각했지."

도조는 예전에 본 바닷가로 향했다고 한다.

그것이 이 장소였다. 마지막으로 다시 한 번 아름다운 바다를 보고 싶었다. 바닷가를 정처 없이 걷는데 근처에 오래된 작은 상점이 있었다. 별 생각 없이 훌쩍 안으로 들어갔다. 가게 안에서 우유 전병과자를 발견했다.

아무것도 바르지 않은 얇은 우유 전병과자를 먹으며 바닷가를 걸었다. 어릴 적처럼 한 장, 한 장 소중히 먹으면서 걸었다. 그 시절과 똑같이 엷은 맛이 났다.

바다 내음, 우유 전병과자의 엷은 맛. 머릿속에 점차 고향 섬의 향수가 번져갔다.

그리고 떠올렸다.

만화를 그리는 것이 못 견디게 즐거웠던 그 시절을.

자신의 만화를 보고 자지러지게 웃던 친구들의 얼굴을.

그 시절 자신이 히어로였단 사실을.

'또 모두가 웃어줄 만한 만화를 그리고 싶다.'

머릿속 서랍에 소중히 간직했던 추억이 단숨에 넘쳐흘렀다.

'그래. 내가 나고 자란 그 섬을 무대로 그리자.'

『톤 앤 톤』이 탄생한 순간이었다.

도조 하야토는 이렇게 말했다.

"잘 안 맞는 서랍을 억지로 비틀어 열자 그 안은 전혀 빛바래지 않은 것들로 가득했어. 빛바래기 전에 꺼내서 정말 다행이야."

일단 그리기 시작하자 빠르게 형태가 갖추어졌다.

무대는 어느 섬. 주인공은 고등학생들. 미지의 힘을 가진 무리가 쳐들어와 이 섬을 넘기면 일본을 살려주마고 말한다. 섬사람을 제외한 모두가 그딴 섬은 줘버리라고 한다. 하지만 주인공들은 어떻게 해서든 이 섬을 지키고 싶다. 주변 사람 모두가 반대하더라도 섬을 지키고 싶다. 그리고 일본도 지키고 싶다. 자, 어떻게 할 것인가.

이야기가 재미있게 진행되었다. 그리는 것이 즐거웠다. 이 만화를 많은 사람이 읽어주면 좋겠다고 생각했다. 다시 한 번 모두의 히어로가 되고 싶었다.

그리고 '히어로즈'에 의뢰했다.

미치노베 씨는 원고를 읽고 이렇게 말했다.

"이 이야기에는 거짓말이 없다."

주인공들의 대사는 도조 하야토의 생각 그 자체였다. 혼이 담겨 있었다.

"이건 팔릴 겁니다."

미치노베 씨는 그렇게 덧붙이고는 웃었다.

그 말은 현실이 되었다. 도조 하야토는 최고의 주가를 달리는 인기 만화가가 되었다.

텔레비전에도 여러 번 출연하고, 어설픈 영업용 미소를 지을 일도 많아지고, 많은 사람이 만화를 읽어주었다.

순풍에 돛을 단 것이나 다름없었다. 이런 상황에 도조 하야토가 대체 무엇을 고민하는지, 나는 알지 못했다.

"있잖아, 슈지 군."

도조 선생님은 여전히 바다에 시선을 둔 채 물었다.

"도조 하야토는 대체 어떤 사람일까."

나는 당장 대답할 수가 없었다. 질문의 진의를 헤아릴 수 없었다.

도조 선생님은 말을 계속 이었다.

"앞으로 그는 어디로 향하게 될까."

도조 선생님은 계속 만화가로 살지 망설이고 있는 것은 아닐까. 막연히 그렇게 생각했다.

인기작을 계속 그리기가 괴로워진 것일까.

잘은 모르지만 나는 되도록 솔직한 대답을 꺼냈다.

"제가 아는 도조 하야토는 만화가입니다. 그것도 제가 아는 한 최고의 만화가예요."

그는 묵묵히 바다를 바라보고 있었다.

"저는 도조 하야토가 그리는 만화가 좋습니다. 이유 따위 묻지 마세요. 어려운 건 모르니까."

그는 한쪽 볼을 살짝 실룩였다.

"……대충 대충이로군."

나는 큰 목소리로 계속해서 이야기했다.

"하지만 좋아한다는 건 그런 거죠. 대단한 이유를 붙여야만 '좋다'고 말할 수 있다면, 그런 세상은 존재할 가치가 없어요."

나는 '휴우' 하고 숨을 내쉬고 미소 지었다.

"……호들갑스러워."

나는 계속 말했다.

"좋아하니까 읽고 싶습니다. 앞으로도 도조 하야토의 만화를 읽고 싶습니다. 그저 그뿐이에요. 제 완전한 이기심이죠. 제

이기적인 소망을 들어주세요."

그의 시선은 줄곧 먼 수평선을 응시하고 있었다.

"……제멋대로에다가."

그렇게 말하는 그의 눈은 무척 상냥했다.

"저는 평생 도조 하야토가 그리는 만화를 읽을 겁니다."

그는 꿈쩍도 하지 않았다.

"그러니까 도조 하야토밖에 그리지 못하는 만화를 그려주세요."

내 말에 다시 작게 입꼬리를 들어 올린 그는 실눈을 지으면서 말했다.

"도조 하야토밖에 그리지 못하는 것. 과연 그게 앞으로 얼마나 남아 있을까."

나는 눈으로 도조 선생님의 시선이 닿는 곳을 좇았다. 엷은 구름 막을 통과한 태양 빛이 수평선 너머 바다 위에 반사되어 반짝반짝 빛나고 있었다.

아름다운 경치였다.

우리가 나란히 보고 있는 이 경치도 틀림없이 그의 서랍에 들어가 새로운 세계를 낳게 될 것이다.

나는 좀 더 보고 싶다. 도조 하야토가 만든 세계를 좀 더 보고 싶다.

"……틀림없이 아주 많이 있어요."

딱 잘라 말하자 도조 하야토가 비로소 고개를 돌리고 나를 바라보았다. 그러고는 눈썹을 내려뜨리고 쓴웃음을 지었다.

"무책임하군."

그로부터 한동안 우리는 묵묵히 같은 경치를 바라보았다.

"슈지 군, 고맙네."

그렇게 말한 도조 선생님은 무척 침착해 보였다.

나는 한숨 돌리며 대답했다.

"아뇨, 저는 아무것도 하지 않았어요."

"그렇지 않아."

그는 부드럽게 웃었다.

"돌아갈까."

나는 웃는 얼굴로 "네" 하고 대답했다.

미치노베 씨가 기다리는 장소까지 안내하면서 나는 도조 선생님께 물었다.

"딱 한 가지, 줄곧 여쭙고 싶었던 게 있어요."

"뭐지?"

"어째서 저에게 명함을 주셨어요? 고작 일주일 아르바이트였는데……. 일부러 캐리커처까지 그려주시고."

도조 선생님은 씩 웃었다.

"자네가 내 광팬이니까."

대놓고 알아맞히는 바람에 말문이 막혔다. 최대한 숨긴다고 숨겼는데.

"정말로 내 만화를 좋아해주는 사람은 눈을 보면 알 수 있지. 숨길 수 없거든. 자네가 내 이야기를 들을 때의 눈은 늘 반짝거렸어."

"들켰군요. 사실은 데뷔 당시부터 계속 읽었어요. 가난 에피소드를 읽으며 선생님의 성공을 진심으로 기도했죠. 도조 하야토의 진짜 팬입니다."

도조 선생님은 웬일로 소리 내서 '하하하' 하고 웃었다.

"오늘은 정말로 고마워. 덕분에 각오를 굳혔어."

이때 이 말의 뜻을 나는 긍정적으로 받아들였다.

나는 기분이 좋아 말했다.

"또 무슨 일이 있으면 언제든 불러주세요."

도조 선생님은 미소를 지으며 "그래" 하고 고개를 끄덕였다.

그러나 그로부터 한 달이 지나도록 도조 선생님은 끝내 나를 한 번도 부르지 않았다.

기다리고 기다리던 『톤 앤 톤』이 실린 월간지 발매일. 나는 의기양양하게 묵직한 잡지 페이지를 넘겼다.

그러나 그곳에 실린 것은 예상치 못한 전개였다.

"미치노베 씨…… 이게 어떻게 된 거예요……."

나는 『톤 앤 톤』의 마지막 페이지를 펼친 채 미치노베 씨를 바라보았다.

마지막 컷에 적혀 있는 것은 '계속'이 아니라 '완결'이란 글자였다.

미치노베 씨는 그저 씁쓸한 미소만 지을 뿐이었다.

나는 도조 선생님 댁으로 향했다.

선생님은 집에 있었다. 전화로 다짜고짜 "지금 가겠습니다"라고 하자 도조 선생님은 아무것도 묻지 않고 "알겠네" 하고 대답했다.

도조 선생님 댁에 도착한 나는 지은 지 몇십 년은 되어 보이는 공동주택 외관에 놀랐다. 도저히 인기 만화가가 살 것처럼 보이지 않는 낡은 연립이었다.

현관에 있는 초인종을 누르자 어두운 복도에 끼익하고 문 열리는 소리가 들렸다.

"커피 마시겠나?"

문을 연 선생님은 부드럽게 미소 지으며 첫마디로 그렇게 말했다.

도조 선생님이 직접 인스턴트 커피를 타 건네주었다. 나는 고개를 숙이고 컵을 받아들었다.

"호텔 커피처럼 맛있지는 않아."

나는 그저 잠자코 고개를 끄덕였다.

충동적으로 오기는 했는데, 뭐라고 말을 시작해야 할지 모르겠다.

머릿속을 빙글빙글 도는 '어째서'라는 글자를 어떻게 도조 선생님에게 전할까. 필사적으로 머리를 굴렸다.

도조 선생님이 먼저 말을 꺼냈다.

"놀랐지?"

툭 던진 말에 나는 고개를 크게 끄덕였다.

"처음부터 결정된 일이었어. 그저 영화로 만들면서 일 년 연장되었을 뿐이지. 기적적으로 말이야."

도조 선생님은 말을 이었다.

"미치노베 씨는 여러 방법으로 나에게 기회를 주었어. 여러 작업을 해주었지. 결과적으로 『톤 앤 톤』은 모두에게 사랑받고 인기를 얻었어. 이제 아무런 미련도 없어."

도조 선생님은 잠시 숨을 멈춘 뒤에 '하핫' 하고 웃었다.

"……이렇게 말하면 멋있겠지. 사실은 미련이 한 가득이었어. 마지막의 마지막까지 마지막 회를 그릴지 말지 망설였어. 출판사에서 일 년을 더 연장하면 어떨지 제안을 했었거든."

"그렇다면……!"

어째서 연장하지 않았나요.

그 말을 꿀꺽 삼켰다. 선생님은 내가 미처 모르는 갈등과 고민들을 수없이 겪었겠지. 하지만 분했다. 어째서인지 무척 분했다.

"나는 애초에 끝날 예정이던 이야기를 억지로 만들어내고 있었어. 늘린다고 해도 그 에피소드들은 사족밖에는 안 되지. 그걸 아는데, 역시 인기작을 놓기는 무서웠어……."

『톤 앤 톤』은 더 길게 이어질 거라고 생각했는데.

'도조 하야토는 앞으로 어디로 향할까.'

나는 바닷가에서 도조 선생님이 한 말을 떠올리고 입술을 깨물었다.

"하지만 드디어 마지막 이야기를 그릴 결심이 섰어. 누군가의 덕분이지."

"누군가……?"

"그는 말이지, 대충 대충이고 호들갑스럽고 제멋대로고 무책임하지만, 내 최고의 팬이야."

머릿속이 새하얘졌다.

나 때문에……?

그때 내가 한 말로 선생님은 마지막 회를 그릴 결심을 한 건가……?

"제 탓…… 인가요?"

정신이 드니 그 말이 입에서 나왔다.

"그런 식으로 생각하지 말아주게. 고마워하고 있다고. 나에게는 평생 떠나지 않을 팬이 최소한 한 사람은 있다고 생각했으니까. 내 편이 있다. 이토록 믿음직한 일은 없지. 아무도 내 만화를 거들떠보지 않는 때가 와도 자네만큼은 기다려주겠지. 아무것도 무서워할 것 없다고, 그렇게 생각했지."

나는 아무 말도 할 수 없었다.

차분히 이야기하는 도조 선생님의 얼굴이 정말로 편안해 보였기 때문이다.

"고마워. 그 마지막 이야기를 그릴 수 있어서 나는 정말로 만족했어. 내 만화가 인생, 회심의 역작이야."

도조 선생님은 그렇게 말하고 구김살 없이 웃었다. 아마도 처음으로 반 친구들에게 만화를 보여주었을 때 이런 얼굴을 하고 있었겠지. 나는 입술을 깨물면서 그렇게 생각했다.

"선생님과 이야기는 잘 하셨습니까?"

미치노베 씨는 상냥하게 미소 지었다.

"네."

"슈지 군은 납득하셨습니까?"

"납득하고 말고 할 게…… 결정은 도조 선생님의 몫인걸요. 저는 어떤 참견도 할 수 없어요."

"마시겠어요?"

미치노베 씨는 따뜻한 캔커피를 내밀었다. 나는 "고맙습니다"라고 인사하며 캔커피를 받았다.

"마지막 회라니……. 저는 그런 것도 모르고 선생님께 무책임한 소리만 했어요."

캔커피를 따서 따뜻한 커피를 한 모금 마셨다.

"어쩌면 제 무책임한 말이…… 도조 선생님의 인생을 좌우할 계기가 되었을지도 모른다고 생각하면……."

"……무섭습니까?"

"네……."

"자신의 말과 행동으로 누군가의 인생이 바뀌어버릴지도 모른다."

"네……."

미치노베 씨는 손안의 캔커피를 바라보았다.

"제가 노숙자였던 이야기를 아는 사람은 이제 다섯 명이에요. 사장님과 미야비 군, 슈지 군, 요전에 이야기한 도조 선생님. 그리고 또 한 사람은 누구일 것 같습니까?"

"……모르겠어요."

솔직히 그런 생각을 할 기분이 아니었다.

"사사키 다쿠."

순간 '그게 누구야'라고 생각했다가 너무 놀라서 미치노베 씨를 빤히 쳐다보았다.

"네?"

"당신과 같은 편의점에서 아르바이트를 하던 사사키 다쿠 군입니다."

"어……, 다쿠와 아는 사이세요?

나는 이야기가 도무지 이해되지 않았다.

"아! 히어로즈에서 일한다던 다쿠의 지인이 미치노베 씨였어요?"

미치노베 씨는 조용히 미소 지었다.

"그는 인맥을 넓히는 스페셜리스트입니다. 지난번 말했던 『톤 앤 톤』의 물밑 작업에도 관여했습니다. 은밀히 히어로즈 직원을 스카우트도 하고요. 이른바 언더그라운드 사원이지요."

"다쿠가 히어로즈 사원이라고요……?"

나도 모르게 웃음이 났다.

"다쿠 군이 점찍은 사람을 나카야 군이 만나보고 거기서 통과되면 본사에서 전화를 한다. 그런 단계입니다. 계산대 앞에서 삼각김밥을 떨어뜨린 사람을 기억하십니까?"

나는 편의점에서 삼각김밥을 떨어뜨린 둔해 보이는 남자를 떠올렸다. 분명히 찌그러진 삼각김밥을 교환해준 기억이 있다. 그때 그 사람이……

"대체 무슨 말씀을 하시는지 모르겠어요……."

"슈지 군, 그들의 사람 보는 눈은 훌륭해요. 그들에게 선택받은 당신은 그 시점에서 우리 회사의 신용을 얻은 것이나 마찬가지입니다. 그러니까 삼 퍼센트 안에 들어간 겁니다."

미치노베 씨는 조용히 말했다.

"인간은 항상 누군가와 엮이며 살아갑니다."

그러고는 손에 든 캔커피로 시선을 떨어뜨렸다.

"이를테면 이 캔커피 개발에 관여한 사람도. 이게 개발되어 우리 손에 올 때까지 대체 얼마나 많은 사람의 시간과 품이 들었을까요. 직접적이지 않더라도 그들도 바로 지금 우리의 인생에 관여하고 있는 겁니다."

나도 캔커피를 바라보았다. 캔커피는 아까부터 줄곧 내 손바닥을 따뜻하게 해주고 있었다.

"그 영향이 큰지 작은지는 별개로, 인생이란 언제나 그렇게 얽히고설킨 관계로 이루어져 있다고 저는 생각합니다."

미치노베 씨는 평소의 부드러운 미소로 나를 바라보았다.

"미치노베 씨, 조금만…… 휴가를 써도 될까요."

"우리는 자유 근무예요. 좋을 때 쉬셔도 됩니다."

나는 조용히 고개를 숙였다.

"저는 슈지 군이 이 회사에서 잘해나갈 수 있는 사람이라고 확신합니다."

"어째서 다쿠는 저 같은 사람을 골랐을까요."

"그건 슈지 군, 당신이 진심 어린 친절함을 가지고 있기 때문이에요. 그리고 무엇보다도 모든 일에 성실합니다. 그 인간성은 하루아침에 얻을 수 있는 것이 아닙니다."

나는 다시 한 번 깊이 고개를 숙이고 나서 문으로 향했다.

"슈지 군."

돌아보자 미치노베 씨는 쓸쓸한 눈빛으로 나를 지켜보고 있었다.

"다시 이곳에서 만납시다. 저로서도 마음을 놓을 수 있는 동료가 늘어나는 것은 기쁘기 그지없는 일이에요."

나는 아무런 대답도 하지 않은 채 미소만 지었고, 미치노베 씨는 조금 쓸쓸해 보이는 미소로 뒤돌아 갔다.

NEXT STAGE
히어로즈

"총각, 전에도 사갔지?"

매점 아주머니는 새빨간 사과를 아무렇게나 봉지에 담으면서 물었다.

"네. 기억하시는군요."

아주머니는 고개를 들고 나를 빤히 쳐다보았다.

"이 부근에서는 많이 못 본 얼굴이야. 어디에서 왔어?"

"도쿄요."

"아이고 그런 먼 곳에서. 병문안 가?"

"네. 저기 안쪽 병원에 할아…… 조부님이 입원하셨어요."

"그래서 일부러 도쿄에서 왔어. 장한 손자네. 할아버지가 사과를 좋아하셔?"

"아뇨…… 솔직히 좋아하시는지는 모르겠지만, 규슈산 사과는 드물까 싶어서……. 아오모리나 추운 지방 과일이란 이미지니까……."

"드물기는 무슨. 출하는 안 해도 여기서 팔거나 남으면 이웃에도 나눠줘."

"이웃에도 주나요?"

"그럼. 총각네 할아버지도 이 근처에 사시면 가끔 받으셨을지도 모르지."

매점 아주머니는 호쾌하게 웃었다.

"그럼 여기서 산 사과랑 똑같겠네요."

"뭐가?"

"평소에 자주 먹는 사과랑……."

"그럴 리가 있나."

"하지만……."

"이웃 아줌마한테 공짜로 받은 사과랑 손자가 일해서 번 돈으로 사다준 사과가 같은 맛일 리가 있겠어."

아주머니는 빙긋 웃더니 "자" 하고 비닐봉지를 내밀었다.

병실을 쓱 들여다보자마자 엄마가 빠르게 반응했다.

"슈지?"

나는 괜히 쑥스러운 미소를 지으며 침대로 다가갔다.
"오늘은 쉬니?"
"응. 연차를 냈어. 호텔도 잡았고 이삼 일 여기 머물 거야."
"연락하라고 했는데. 너는 늘 갑작스럽다니까."
짝, 하고 팔을 때리는 바람에 충격으로 잠깐 비틀거렸다.
엄마가 꽃병의 물을 갈아 온다며 병실을 나가는 걸 보고 나는 할아버지에게 말했다.
"할아버지, 사실은 나 일 년도 더 전에 회사를 관뒀어."
"그렇구나."
할아버지는 낯빛 하나 바꾸지 않고 맛있게 사과를 드셨다.
"지금은 다른 일을 하지만 그것도 계속할지 고민하고 있어. 아직 엄마한테는 말하지 않았지만……."
"됐어, 됐어."
"응?"
"엄마한테는 말하지 않아도 돼. 할애비한테만 말하면 돼."
나는 조금 웃었다.
"남의 인생에 관여한다는 건…… 무서운 일이지?"
할아버지는 사과를 먹는 손을 멈추더니 내 눈을 보고 부드럽게 미소 지었다.
"무슨, 하나도 무서울 것 없다."

"하지만 내 말로 누군가의 인생이 바뀔지도 모른다고."

할아버지는 천천히 고개를 가로저었다.

"사람 인생길이란 건 누군가 바꾸려고 해서 바꿀 수 있는 게 아니야."

"그런가……."

"정해진 대로 될 뿐이야. 걱정하지 않아도 돼."

할아버지는 다시 한 번 미소 지으면서 말했다.

"할애비가 옆에 있으니 하나도 무서울 것 없다."

대화를 마치고 할아버지에게 "내일 또 올게" 하고 병실을 나오는데 뒤에서 엄마가 쫓아왔다.

"무슨 일이야?"

"너 지금 시간 있으면 잠깐 할아버지 댁에 들르지 않겠니? 조금씩 치우고 싶은데 혼자서는 힘들어."

"응, 괜찮긴 한데……."

"그래, 고맙다. 그럼 할아버지한테 다녀온다고 말하고 올 테니까 잠깐만 기다려."

"알았어……. 아래층 의자에서 기다릴 테니까 서두르지 마."

엄마는 병실로 돌아간 지 몇 분만에 병원 로비에 앉아 있는 내 앞에 나타났다.

"빠르네."

"할아버지가 네가 기다리고 있는 거면 빨리 가라시네."

"그랬구나. 괜찮은데."

"혼자서 기다리면 불쌍하다고 성화야. 정말이지, 이제 어린 애도 아닌데."

혼잣말처럼 중얼거리면서 걷는 엄마 뒤를 따라갔다.

"우와아…… 엄청나다……."

"너, 외할아버지댁에 몇 년 만에 와보는 거지?"

"이제 기억도 안 나."

치우던 중인지 낡은 집은 수많은 물건으로 넘쳐났다.

"그렇지. 할아버지가 늘 도쿄로 오시기만 하고 너는 전혀 와 보지 않았으니까."

"엄마도 말처럼 찾아뵙지 않았잖아."

나는 주변 모습에 압도당하면서 대꾸했다.

"그래서, 뭘 치우면 돼?"

"전부. 중요한 거나 필요한 걸 따로 모으는 거야."

"왜?"

"왜라니…… 이것저것 준비하지 않으면 여차할 때 뭐가 어디에 있는지 몰라 힘들어지잖니."

여차할 때……. 그 말에 가슴이 꽉 막히는 듯 괴로워졌다.

"내가 뭘 하면 돼?"

"뒷문으로 나가면 헛간이 있어. 그쪽을 함께 정리해주지 않겠니? 농기구가 잔뜩 있어서 혼자서는 나르기가 힘들어."

"알겠어."

나는 먼저 헛간으로 갔다.

"엄마…… 이거 어디서부터 손을 대야 할까."

헛간 안에는 뭐가 뭔지 도통 알 수 없는, 흙이 잔뜩 묻은 농기구들이 놓여 있었다.

"아무튼 자잘한 건 됐으니까 큰 물건만 옮겨 줘."

뒤에서 엄마 목소리가 들렸다.

"미리 말해줬으면 더러워져도 되는 옷을 입고 왔을 텐데……."

"내가 할 말이야. 설마 오늘 올 줄은 생각도 못 했잖니."

헛간을 정리하다가 오래된 잠자리채와 황록색 곤충채집통이 놓여 있는 것을 발견했다. 낡긴 했지만 거의 사용을 안 한 것 같았다.

불현듯 매미 잡는 법을 '이러엏게 말이지……' 하고 설명하는 할아버지 모습이 떠올랐다.

"할아버지는 아직도 곤충을 채집하시나."

"할 리가 없잖니. 그 잠자리채는 네 거야. 기억 안 나?"

"내 거라고?"

"네가 고집을 부리니까 할아버지가 일부러 시내까지 가서 사오셨잖아. 진짜 하나도 기억 안 나?"

"전혀 기억나지 않아……. 내가 왜 고집을 부렸어?"

"뜬금없이 장수풍뎅이를 잡고 싶다고 떼썼어. 그래서…… 아앗!"

엄마가 양손으로 들어 올린 상자에서 빈 깡통처럼 보이는 것이 와장창 요란한 소리를 내며 바닥으로 굴러떨어졌다.

"아아……."

"괜찮아?"

"괜찮아. 그런데 역시 양이 엄청나네. 잘 모르겠는 짐이 너무 많아……."

엄마는 한숨을 쉬더니 나에게 "얘, 오늘밖에 시간 없으니까 손을 움직여"라는 말을 남기고 목에 걸었던 먼지투성이 앞치마를 벗으며 현관으로 갔다. 얼마 지나지 않아 탈탈 앞치마를 터는 소리가 들렸다.

"슈지! 엄마 우체국 가는 거 깜빡해서 이참에 다녀올게. 주스 사 올 건데 뭐 마실래?"

앞치마를 벗은 김에 다녀오겠다는 뜻일까. 아무래도 볼일이 생각난 모양이다.

"그럼 캔커피 사 와."

"단 거?"

"응. 적당히 단 거."

"까다롭네! 그럼 조금씩이라도 정리 부탁해."

'네에' 하고 기운 빠진 대답을 하고 발치에 어지러운 깡통과 상자를 둘러보았다.

"그립다……."

파란색 둥그런 쿠키 캔 앞에 쭈그려 앉았다. 바깥에서는 끊임없이 방울벌레와 개구리의 합창이 이어졌다. 혼자 남겨진 순간 쥐 죽은 듯이 고요해진 공간에 찌르르찌르르 개굴개굴 소리만 울려 퍼졌다.

파란색 쿠키 캔 위를 손바닥으로 쓱 닦아 보았다. 두꺼운 먼지가 잿빛 솜덩어리가 되어 공기의 흔들림에 둥실둥실 나부꼈다. 양손으로 잡고 한쪽 귓가에 대고 흔들어봤다. 안에서는 아무 소리도 들리지 않고 먼지가 얼굴 앞에서 날릴 뿐이었다.

"비었나……."

왼손으로 캔을 들고 오른손 손가락을 뚜껑 끝에 걸어 힘을 주었다. 덜컥하고 둔탁한 소리가 나며 다시 먼지가 날렸다.

텅 빈 캔 안은 겉모습을 봐서는 상상할 수 없을 만큼 예쁜

은빛으로 빛났다.

살며시 뚜껑을 닫고 그 뚜껑에 실린 쿠키 사진을 바라보았다. 이 쿠키 캔은 선명히 기억한다. 정말 좋아했다. 할아버지 집에 가면 반드시 이 쿠키 캔이 있었다. 안에는 갖가지 종류의 쿠키가 가득 들어 있었는데, 뚜껑을 봉한 셀로판테이프 같은 필름을 찍, 하고 벗겨 캔을 여는 것은 내 역할이었다. 설탕을 바른 쿠키며 두껍고 둥근 쿠키, 초콜릿과 플레인이 교차된 멋들어진 네모난 쿠키, 내가 가장 좋아했던 한가운데에 빨간 잼을 얹은 쿠키. 매번 잼이 이빨에 달라붙었지만 그게 재밌고 웃겨서 어쩔 줄 몰라 했다.

매번 다 먹지 못해서 가지고 돌아간 쿠키 캔. 올 때마다 새로운 캔이 마련되어 있었다. 그때는 할머니도 계셨고…….

머릿속 먼 곳에 있던 기억이 뚜렷이 되살아났다.

그랬다…… 잠자리채도…….

'장수풍뎅이를 잡고 싶어!'

갑자기 어릴 적 내 목소리가 머릿속에 울렸다.

학교에서 친구가 장수풍뎅이를 샀다고 자랑했다. 여름방학 자유 과제로 관찰일기를 쓸 거라고 했다. 나는 그게 부러워서 직접 잡으려고 했다. 장수풍뎅이가 산에 있다면 할아버지 댁에서 잡자.

할아버지 댁에 도착한 첫날, 저녁 먹을 때 그게 생각나서 내가 말했다.

"할아버지, 나 장수풍뎅이를 잡고 싶어!"

할아버지는 웃으면서 "장수풍뎅이를 잡으려면 내일 아침 네 시에는 일어나야 해"라고 했다.

"그렇게나 일찍?"

"장수풍뎅이는 일찍 일어난단다. 아무런 장치도 해놓지 않았으니까 빨리 가도 잡을 수 있을지 없을지 몰라."

그렇게 말한 할아버지의 말을 아빠가 이었다.

"슈지, 내일모레는 바다에 갈 거니까 내일 아침은 푹 자지 않으면 피곤하겠지. 그리고 장수풍뎅이를 잡는 건 무척 어려워."

"그렇구나……."

나는 그날 밤 실망한 채 잠들었다. 긴 여정이 피곤했는지 다음 날 잠에서 깬 건 4시는커녕 9시 반도 지났을 무렵이었다.

"어머나, 잠꾸러기 일어났니. 빨리 아침 먹지 않으면 맛있는 점심을 못 먹는다."

"점심은 뭐야?"

"다 함께 슈퍼 옆 라면집에 갈 거야."

"앗싸!"

나는 서둘러 아침을 먹었다.

식사를 마치고 텔레비전을 보면서 심심해서 몸을 비틀고 있는데 문득 할아버지가 계시지 않은 것을 깨달았다.

"할아버지는 어디 갔어?"

"시내까지 장 보러 가셨어. 곧 돌아오실 거야."

"흐응."

엄마의 말대로 곧 할아버지가 돌아왔다.

"다녀왔어. 슈지, 이것 좀 봐라."

"뭔데?"

나는 현관으로 달려갔다.

"잠자리채랑 곤충채집통이야."

'와아' 하고 환호성을 지른 나에게 할아버지는 나보다 더 기쁜 듯이 웃으면서 말했다.

"최신식이라면서 팔았어."

나는 먼지를 뒤집어쓴 쿠키 캔을 그대로 바닥에 내려놓고 조금 전에 발견한 잠자리채와 곤충채집통이 있는 곳으로 돌아갔다.

"이거야……."

눈앞의 더러워진 곤충채집통에서 선명한 황록색이 보일 듯 또렷한 기억이 머릿속에 되살아났다.

황록색 통과 크고 훌륭한 망. 나는 신바람이 나서 현관을 달려나갔다. 뒤에서 "점심에는 돌아와"라며 쫓아오는 엄마의 목소리에 "네—에" 하고 대답하고 뒤쪽 산까지 "빨리 와, 빨리!" 하며 할아버지를 재촉하며 달렸다.

어쩌면 늦잠꾸러기 장수풍뎅이가 한 마리쯤 있을지도 모른다며 가슴이 뛰었지만, 나비와 베짱이와 이름도 모를 벌레만 잔뜩 찾았다. 아무리 살펴봐도 갈색 나무줄기에 붙어 있는 시커멓게 빛나는 투구 모양 머리를 찾을 수가 없었다.

"역시 없구나……."

이마에서 흐르는 땀을 팔로 몇 번이고 닦으면서 반쯤 포기했을 무렵, 할아버지는 갑자기 "잠깐만 망을 빌려줘봐"라며 내 앞에 손을 내밀었다. 내가 망을 건네자 할아버지는 두세 걸음 산속으로 들어가 나무 위로 시선을 향하고 무언가를 겨냥했다.

"있어?" 내 목소리와 동시에 망이 바스락하고 나무줄기를 덮었다.

"할아버지, 있어? 잡았어?"

망을 휙 낚아챈 할아버지는 환호성을 지르는 나를 보고 씩 웃었다.

"장수풍뎅이는 없지만 이것 봐라."

"뭐가 잡혔어?"

망에 싸여서 정체를 알 수 없는 포획물을 향해 흥미진진하게 다가갔다. 그 순간, 눈앞에서 치치익, 하고 엄청 큰 소리가 들렸다.

"우와아!"

놀라서 뒤로 펄쩍 뛴 나를 보고 할아버지는 "하하하" 하고 입을 크게 벌리고 웃었다.

"참매미란다. 장수풍뎅이가 없어도 매미라면 얼마든지 잡을 수 있지."

"매미……."

나는 할아버지가 들고 있는 망 안에서 치치익, 하고 몇 번이고 날뛰는 매미를 멀리서 바라보았다.

그러자 할아버지는 망을 휙 뒤집었다. 매미는 다시 칙, 하고 큰 소리로 불평하면서 열린 입구를 통해 눈 깜짝할 사이에 날아가버렸다.

"아! 할아버지, 도망쳐버렸어."

"걱정하지 않아도 매미라면 온 산에 얼마든지 있어. 너도 잡아봐라."

할아버지는 씩 웃었다.

매미는 뜻밖에 쉽게 잡혔다.

"잡았다! 잡았어! 할아버지, 어떻게 하면 돼?"

망 속에서 날뛰는 매미를 어떻게 해야 할지 몰라 나는 할아버지에게 도움을 요청했다.

"손으로 잡아서 통에 넣으면 되지."

"손으로?"

"그럼."

할아버지는 태연히 대답했다.

"물지 않아……?"

불안해하며 묻는 나를 보고 할아버지는 "하하하" 하고 웃었다.

"물 리가 있나."

그러나 머뭇머뭇 손을 가까이 대자 매미는 갑자기 치치익, 하고 날뛰었다.

"우왁!"

"뭐야, 슈지는 매미가 무서우냐?"

"무섭지는 않지만……."

그렇게 말하면서도 다시 손을 가까이 대자 '만지지 마!'라고 투덜거리듯이 칙! 소리를 냈다.

"우왁! ……역시 좀 무서워."

"하하하."

'마치 어제 일처럼' 이 말이 딱이었다. 선명하게 기억이 되살아난 까닭은 무얼까.

제대로 만난 적도 없었던 할아버지와의 추억을 이제 와 좀 더 만들어두면 좋았겠다고 후회하고 있는 걸까. 정말이지 낯짝 두꺼운 이야기다.

벌써 몇 년이나 여기에 놓여 있었을 텐데. 두 번째 차례를 맞이하지 못 한 채 먼지를 잔뜩 뒤집어쓰고 빛바래고 말았다.

어쩌면 할아버지 인생을 '아무런 재미도 없는' 것으로 만들어버린 책임의 일부분은 나에게 있을지도 모른다. 내가 좀 더 친밀한 시간을 보냈더라면 할아버지 인생은 더 다양한 즐거움으로 가득한 삶이 되었을까.

망에서 매미를 휙 잡아 통으로 옮긴 할아버지는 나에게 말했다.

"이런 건 맨손으로도 잡을 수 있단다."

"거짓말."

"할아버지는 거짓말 안 해요."

할아버지는 "잠깐만 기다려" 하며 다시 산으로 들어갔다.

바스락바스락 풀을 밟으며 걸어가는데 할아버지가 나를 불렀다.

"슈지, 이쪽으로 와보렴."

나는 서둘러 할아버지 곁으로 달려갔다.

"잘 봐야 한다."

할아버지는 두꺼운 나무에 매달린 매미 바로 밑에 사발 모양으로 오므린 손을 살그머니 갖다 댔다.

그리고 휙, 하고 매미를 덮듯이 순식간에 잡아버렸다.

"할아버지, 굉장하다!"

매미는 할아버지 손안에서 치익, 하고 한심한 소리를 냈다. 매미를 통에 넣은 할아버지가 말했다.

"너도 해 볼래?"

"응!"

할아버지는 몸을 숙이고 내 눈앞에 손을 내밀었다.

"이러엏게 손을 둥글게 해서 아래에서 사알며시……."

이러엏게 손을 둥글게 해서…… 병원의 하얀 침대 위에서 본 쭈글쭈글해진 할아버지의 손이 떠오른다.

사알며시, 살며시 해야 해. 이러엏게 이렇게, 봐라 슈지. 무서워하지 마. 꽉 쥐면 안 돼. 그래, 그대로 천천히. 아아, 도망쳐버렸다. 봐라, 저쪽에도 있다. 초조해할 필요 없어. 용기 내서 만져봐라. 아무것도 무서워할 거 없어. 할애비가 곁에 있으니까. 봐라, 저쪽에도…….

"아, 시간이 다 됐구나."

멀리서 엄마가 부르는 소리를 듣고 할아버지가 아쉽다는 듯이 말했다.

그렇다. 그래, 할아버지.

전부 떠올랐다.

결국 나는 끝까지 맨손으로 매미를 잡지 못했다.

그해 여름, 나는 매미가 무서운 겁쟁이였다.

"내년에 또 잡을까?"

할아버지는 돌아가는 길에 못마땅한 표정의 나에게 그렇게 말했다.

"내년에도 가르쳐줘. 약속이야."

나는 오른손 새끼손가락을 할아버지 앞에 내밀었다.

다시 한 번 그 낡은 망을 잡았다.

할아버지는 망과 통을 줄곧 버리지 않고 간직해주었다.

뭐야. 내가 약속해 놓고.

매미를 만지지 못 했던 겁쟁이는 계속 겁쟁이로 남아 그 약속을 잊은 채 어른이 되었다.

"다녀왔다."

바깥에서 엄마 목소리가 들렸다.

"어머, 조금도 진척이 없잖아. 아, 됐어, 이제 좀 쉬자."

헛간을 들여다본 엄마가 말했다.

거실로 돌아가서 엄마는 나에게 적당히 단 캔커피를 내밀었다.

"이 쿠키 캔 그립네."

헛간에서 꺼낸 파란 캔을 한 손으로 두드리며 내가 말했다.

"어머나, 기억하니? 그것 때문에 요전에 할아버지한테 야단맞았어."

"왜?"

"네가 병문안 온다고 했는데 왜 쿠키 캔을 사놓지 않았느냐고. 그래서 이제 어린애가 아니니까 쿠키는 먹지 않을 거라고 했어."

할아버지는 내가 좋아하던 것을 기억하고 있었던 건가. 가슴이 뜨거워졌다.

"그랬더니 할아버지가 조금 뒤에 지갑에서 만 엔짜리 지폐를 꺼내서 멜론이 먹고 싶으니까 백화점에서 제일 좋은 놈으로 사오라고 하셨어."

"응?"

나는 그때 먹은 오동나무 상자 속 고급스러운 멜론을 떠올렸다.

"틀림없이 할아버지가 드시고 싶은 줄 알고 고르고 골라 좋은 걸 사서 돌아왔더니, 쿠키 대신에 슈지에게 그걸 주라는 거야. 병문안 선물로 받은 거라고 하라고. 너만 먹을 거면 더 싼 걸로 살걸 그랬어."

아마도 할아버지는 커버린 내가 무엇을 좋아하는지 몰랐을 것이다. 그렇다면 하다못해 평소에 먹지 못할 만한 고급스러운 것을 먹이고 싶었던 것이리라.

나는 어떤 얼굴을 하고 그 멜론을 먹었을까.

좀 더 소중히 먹을걸 그랬다.

갑자기 눈물이 나올 뻔해서 나는 허둥지둥 캔커피를 마시며 그 상황을 얼버무려 넘겼다.

"오늘은 선물이 있어."

나는 할아버지 앞에 파란 쿠키 캔을 내밀었다.

어제 엄마에게 가게를 물어 사러 갔지만, 이미 그 가게는 없어졌다.

그 뒤로 온 마을을 돌아다니며 간신히 이 캔을 발견했다.

"그립구나."

할아버지는 눈을 가늘게 떴다.

"이 쿠키 지금도 좋아해."

"봐라. 슈지도 아직 어린애야."

할아버지는 사과를 깎는 엄마에게 우쭐해하며 말했다.

"이제 곧 스물일곱 살이에요."

"스물일곱 살이면 아직 갓난쟁이지."

"갓난쟁이라고?"

설마 이 나이를 먹고 갓난애라고 불릴 줄은 생각지도 못했다.

나는 함께 사 온 캔커피를 내밀었다.

"할아버지, 커피는 무설탕? 아니면 단 거?"

"난 단 게 좋아."

"자" 하고 커피를 건네고 쿠키 캔 테두리에 붙어 있는 셀로판테이프를 찍 뜯었다.

마치 어린아이로 돌아간 것처럼 두근두근하면서 뚜껑을 열자 달콤한 향기가 훅 퍼졌다.

다 함께 쿠키를 먹으면서 시시한 이야기를 나누었다.

문득 나는 그 말을 떠올리고 할아버지에게 물었다.

"할아버지 인생은 어떤 인생이었어?"

할아버지는 미소 지으며 말했다.

"아무런 재미도 없는 인생이었지."

지난번과 똑같은 말을 했다.

"일만 죽어라 하고. 사치도 한 번 못 부렸어."

그래도 말이지, 하고 할아버지는 말을 이었다.

"정말로 행복한 인생이었어."

할아버지는 씩 웃었다.

"이렇게 맛난 것만 먹었지."

그렇게 말하며 내가 사 온 쿠키와 사과를 번갈아 먹는 할아버지는 정말로 행복해 보였다.

"할아버지, 나한테 거짓말했지."

나는 씩 웃었다.

"할애비는 너한테 거짓말 같은 거 안 해."

할아버지는 시치미를 떼는 얼굴로 대꾸했다.

"거짓말. 난 결국 매미를 맨손으로 잡지 못했잖아."

그 말을 듣고 할아버지는 씩 웃으며 나를 쳐다보았다.

"뭐야, 기억난 게야? 애써 멋있는 추억으로 바꿔주려고 했더니만."

"다 기억났어."

할아버지는 기쁜 듯이 또다시 쿠키로 손을 뻗었다.

"내년 여름에는 매미를 잡으러 갈까."

나도 쿠키에 손을 뻗으며 말했다.

"네가 무서워하지만 않는다면."

"안 무서워. 이제 꼬맹이가 아니니까."

마지막 날인 사흗날, 잠깐이었지만 할아버지에게 인사를 하러 병원으로 갔다.

"또 올게."

"바쁜데 무리하지 마라."

말로만. 나는 웃었다.

"할아버지, 있잖아……. 내 인생 첫 히어로는 맨손으로도 매미를 잡는 할아버지였는지도 몰라."

할아버지가 기쁜 듯이 눈을 가늘게 뜨고 미소 지었다.

"나, 지금 히어로를 만드는 일을 하고 있어."

"참말로 좋은 직업이구나."

"응, 좋은 직업이야."

솔직히 그렇게 생각했다. 이 일을 계속하자. 이미 결심했다.

"힘내서 많은 히어로를 만들 거야."

할아버지는 '그래, 그래' 하고 고개를 끄덕였다.

"참말로 행복한 일이야."

할아버지는 마지막까지 웃고 계셨다.

"연말 전에라도 또 올게."

버스 정류장까지 배웅 나온 엄마에게 말하자 눈을 동그랗게 떴다.

"어쩜, 요새 어떻게 된 거야. 일은 괜찮아?"

"그거 말인데……."

나는 숨을 한 번 들이쉬고 큰마음 먹고 고백했다.

"사실은 작년 여름에 이전 회사를 관뒀어."

"어머나……. 왠지 그런 것 같았어."

"그랬어?"

"이십칠 년이나 키웠잖아."

"아직 스물여섯 살이야."

"그래서? 지금은 어떻게 생활하고 있니."

"새로운 직장을 찾아서 일하고 있어."

"어머나, 대단하네! 한동안 아르바이트하면서 살려나 했어."

엄마는 호들갑스럽게 놀라는 척했다.

"응…… 사실은 몇 달 전까지 편의점에서 아르바이트했어."

"'사실은'이 많네! 너는 정말로 중요한 이야기는 하나도 안 한다니까."

엄마는 내 등을 짝, 하고 때렸다. 그 충격 때문인지 조금 목이 멨다.

“왜 그만뒀다고 생각했어?”

“너란 애는 비밀이 있을 때 하는 버릇이 있어.”

“어, 그게 뭔데?”

그런 얘기는 처음 듣는다.

“역시 스스로는 모르는구나.”

“알려줘.”

“싫어. 네가 결혼할 때 아내가 될 사람에게만 가르쳐주기로 다짐했으니까.”

엄마는 짓궂게 빙긋 웃었다.

“그런 건 가르쳐주지 않아도 돼.”

나는 쓴웃음으로 회답했다.

“그러면 공평하지 않잖아.”

엄마는 ‘후후’ 하고 기분 나쁘게 웃었다.

“하지만 괜찮아. 나는 주변 말에 휩쓸리지 않고 나 자신을 제대로 봐주는 사람을 찾을 거니까.”

“어머나, 그런 사람이 있니?”

“아직 없는데…….”

“뭐야, 시시하게.”

그때 버스가 부르릉 소리를 내며 다가왔다.

"그럼 또 올게"라며 등을 돌리자 엄마가 서두르는 목소리로 따라왔다.

"잠깐만, 그래서 지금은 어떤 일을 하는 거야? 무슨 회사니?"

"그거…… 얘기하려면 기이이일어지니까 다음에 해줄게."

"어, 그게 뭐야."

정지한 버스 문이 치익, 하고 열리고 몇 사람이 내렸다.

"간단히 말하면, 히어로 제작소."

나는 버스에 타고 엄마에게 손을 흔들었다.

엄마는 보이지 않을 때까지 버스를 향해 손을 흔들었다.

시골에서 사흘간 머문 것은 무척 뜻깊은 시간이었다.

할아버지는 말씀은 별로 없었지만, 내 이야기를 줄곧 싱글벙글 웃으며 들어주었다.

집으로 돌아와서 오랜만에 푹 자고 방 청소를 했다. 청소를 마치고 시내로 쇼핑하러 나가니 마침 해 질 녘이었다.

몇 달 사이에 일어난 일은 대체 뭐였을까.

현실 같기도 하고, 꿈꾸는 듯도 한 신비한 기분이다.

얼마 전까지 매미가 붙어 있던 나무의 잎은 완연한 적갈색으로 물들었다.

해를 더할수록 계절이 빠르게 변하는 것처럼 느껴졌다.

'이 손수건 주인을 찾습니다.'

벽보는 여전히 전봇대에 남아 있었다.

잃어버린 주인을 찾지 못한 것이리라. 아니면 주인이 보고도 어지간히 소중한 것이 아니라 굳이 찾겠다며 연락하지 않은 것일 수도 있다.

그러고 보니 어느새 그 꿈은 꾸지 않게 되었다.

그런 생각을 하면서 교차로에 멈추어 섰을 때였다.

나도 모르게 "앗!" 하고 외쳤다.

앞서 걷는 사람은 그때 그 금발 남자였다. 뾰족뾰족 세운 머리카락 끝이 분홍색으로 염색되어 있지만 틀림없이 그였다.

뒷모습으로도 귀와 코를 체인으로 찰그랑찰그랑 이은 걸 알 수 있었다.

나는 서둘러 금발 남자를 좇았다.

"저기요……!"

말을 걸자 금발 남자는 피어스를 찰그랑거리며 돌아보았다. 그리고 내 얼굴을 보고 미심쩍은 듯이 눈살을 찌푸렸다.

"뭐죠?"

다시 한 번 "저기……"라고 중얼거리는 나를 보고 그는 불쾌한 것처럼 "뭡니까?" 하고 대답했다.

"저기, 몇 달 전에…… 여기 교차로에서 사고났을 때……."

남자는 미간에 주름을 지은 채 고개를 살짝 갸웃했다.

"그 책가방을 멘…… 초등학생……."

그 순간 남자는 깜짝 놀라 눈을 크게 뜨고 나에게 바짝 다가왔다.

"그 애를 아는 분이세요?"

"아뇨…… 아닙니다."

남자의 표정은 다시 미심쩍어하는 얼굴로 돌아왔다.

"저, 저기…… 그 아이는 지금 어떻게 되었나 궁금해서……. 얼마나 다쳤는지 몰라서 계속 신경이 쓰였어요."

남자는 잠시 생각하고서 입을 열었다.

"그 애는 다치지 않았는데요."

"네? 하지만 그 책가방이……."

남자는 한동안 가만히 내 눈을 본 뒤에 조용히 그날 있었던 일을 이야기했다.

그날 차 뒤에는 피를 흘리며 쓰러진 사람이 있었다.

남자는 그 사람을 도우려고 분주했다.

지혈하기 위해 손수건이 필요했다. 그래서 남자는 외쳤다.

"누구! 손수건이나 천 가진 분 없어요? 팔을 묶을 수 있는 길이면 돼요!"

그 목소리에 재빨리 반응한 사람은 책가방을 멘 소년이었다.

"나, 손수건 있어!"

소년은 남자에게 달려와 차 옆에 책가방을 내려놓더니 안에서 전대 히어로 캐릭터가 그려진 손수건을 꺼냈다.

남자는 그 손수건으로 쓰러진 사람 팔을 묶어 지혈했다.

그 직후에 구급대가 도착해 옆에 서 있던 여성이 "위험하니까 이쪽으로 물러나 있자"라며 소년의 어깨를 감싸 안고 그 자리에서 조금 떨어졌다.

내가 그날 본 것은 땅바닥에 놓여 있던 책가방이었다.

오랫동안 가슴에 걸린 것이 후련하게 내려간 기분이었다. 진심 어린 안도의 한숨이 새어 나왔다.

남자는 전봇대를 가리키며 말했다.

"저기에 붙어 있는 벽보 봤어요?"

나는 깜짝 놀랐다. 그 벽보에 찍힌 손수건은 요즘 아이들에게 엄청나게 인기 있는 전대 히어로물이었다.

"그 히어로 손수건, 그때 남자애 거예요. 그 뒤에 경찰이 와서 나도 상황을 설명하다보니 어느새 그 애가 없어져버렸지

뭐예요. 어디 학생인지도 모르겠고."

가슴속에서 뜨거운 것이 점점 치밀어 올랐다.

"난 경찰에 연락처를 남겨서 그날 사고를 당한 사람에게 연락을 받았어요. 퇴원하면 다시 인사하고 싶다고. 그래서 한 번 만났는데, 그때 손수건 이야기를 했어요. 그랬더니 그 사람이 꼭 남자아이에게도 고맙단 말을 하고 싶다고 하더라고요. 그리고 새로운 손수건을 선물하고 싶다더군요."

나는 어째서인지 뜨거워진 눈시울에 힘을 주고 목소리를 짜냈다.

"그래서…… 저 벽보를."

"고전적인 방법이지만 여기가 그 애 통학로라면 눈에 들어오지 않을까 했죠. 혹시 어딘가에서 만나면 찾고 있다고 전해 주세요."

남자의 눈매가 희미하게 부드러워졌다.

"알겠습니다. 얼굴은…… 대충 기억합니다."

"부탁드리겠습니다."

그렇게 말하더니 남자는 마치 자기 일처럼 고개를 정중히 숙였다.

"하지만…… 굉장하네요. 그 상황에서 순간적으로 몸을 움직이다니. 저는 지켜보는 게 고작이었어요."

남자는 조금 쑥스러운 듯 굵고 새카만 반지를 낀 오른손으로 머리를 긁적이며 말했다.

"우연이에요. 내가 제일 가까이 있었으니까."

반지에 잔뜩 붙어 있는 은색 가시가 당장에라도 귀를 찌를 것 같았다.

불현듯 남자는 진지한 표정으로 변해서 말을 이었다.

"정말로 피가 튈 정도로 가까웠어요. 한 걸음만 삐끗했어도 내가 그 처지였을 테니까. 사망자가 나오지 않은 것이 기적이에요."

건너편 도로에서 봐도 어느 정도 사고인지 알 것 같았는데, 가까이에서 목격한 그의 충격은 무척 컸을 것이다.

"불행 중 다행이라고 해야 하나……. 다치신 분, 얼른 건강해지시면 좋겠네요."

내 말에 남자는 "정말로요"라며 고개를 크게 끄덕였다.

남자의 눈에서는 말을 걸었을 때의 날카로움은 사라지고 그들을 걱정하는 마음이 배어 나왔다.

"그건 그렇고 나를 불러 세우면서까지, 어째서 그때 초등학생을 그렇게 신경 씁니까?"

그 질문에 나는 뭐라고 대답할지 순간 망설였다.

"저…… 전혀 대단한 일은 아니지만……. 그날 그 애 모습을 뒤에서 봤어요. 횡단보도의 하얀 부분만 골라 밟으며 건너더군요."

나도 아까 그가 한 것처럼 머리를 긁적이며 쑥스러운 듯 이야기했다.

"나도 옛날에는 자주 했었지, 그립다, 생각했죠. 하얀 부분만 밟고 끝까지 건너면 행운의 날이라고 하는 놀이였죠. 그 아이는 끝까지 건넜어요. 아아, 오늘 아이에게 행운의 날이겠구나 했죠. 그 직후에 그런 일이 벌어져서……. 이 세상에는 신도 부처도 없나 싶었어요. 그래서 그 아이가 신경 쓰였어요."

남자는 코 부근에 찡긋 주름을 모으며 웃었다.

"나도 예전에 자주 했습니다."

그러고는 생각하듯이 고개를 갸웃하면서 미간에 주름을 지으며 이야기했다.

"행운의 날……이었을까. 눈앞에서 그런 사고를 목격하고. 다치지 않았으니 어떤 의미로는 행운이었으려나……."

"혹시 그런 놀이를 하지 않고 빠르게 건넜다면……."

나는 말하다 말고 말을 삼켰다.

그도 역시 잠시 숨을 삼켰다.

"인생은 언제 무슨 일이 일어날지 모르는군요."

"정말 그러네요."

"후회 없도록 살아야지……."

그는 혼잣말처럼 그렇게 말하더니 "그럼 이만" 하고 나에게 가볍게 인사하고 그대로 사라졌다.

다음에 병원에 가면 이 이야기를 할아버지께 해드리자.

히어로는 뜻밖에 가까이에 있다.

이 거리를 걷는 사람들도 분명히 히어로가 되는 순간이 존재한다.

그 소년은 손수건을 내민 순간, 틀림없이 누군가의 히어로가 된 것이다.

나에게 할아버지의 존재와 마찬가지로.

그 현장에 있던 사람에게 금발 청년과 마찬가지로.

'아무런 재미도 없는 인생이었어.'

지금이라면 알 수 있다. 그때 할아버지의 얼굴은 정말로 행복해 보였다.

미소 지은 할아버지의 가늘어진 눈은 누구보다 상냥했다.

'나도 언젠가…….'

그런 말을 하면 할아버지는 웃어주실까.

그날 같은 웃는 얼굴로.

세상 누구도 흉내 낼 수 없는 강하고, 상냥한 미소로.

교차로에서 멍하니 서 있는데 갑자기 거리의 전광판에서 큰 소리가 흘러나왔다. 그곳에는 처음 보는 소설가가 유명한 상을 받았다고 인터뷰하고 있었다.

주머니에서 휴대전화 벨이 울렸다.

전화기에서는 "슈지 씨, 갑작스럽지만 내일 시간 있어요?"라는 다급한 미야비의 목소리가 들렸다.

"나 지금 휴가 중인데."

"진짜로! 부탁드려요! 도와주면 슈지 씨가 모르는 내 비밀 알려줄게요!"

"비밀이 뭐야?"

"그건 도와준 다음에 알려줄 거예요."

"비밀의 내용에 따라 생각하지."

"사실은 나……."

"응."

"올해 서른일곱입니다."

"……정말로?"

"슈지 씨, 또래라고 생각했죠?"

"응…… 어, 어, 어, 진짜로?"

"그래서, 제 안건 인데요……."

"아니, 잠깐만! 지금까지 죄송합니다……."

미야비는 전화기 너머로 깔깔 웃었다.

"나이 말하면 분명히 존댓말 쓸 줄 알았어요. 슈지 씨는 성실하니까. 난 상대방이 존댓말로 말하는 거 엄청 거북하다고요. 그러니까 지금까지처럼 부탁드립니다."

"네, ……응. 알겠…… 알겠습, 알았어."

미야비는 전화기 너머로 '풉' 하고 웃음을 터뜨리더니, 웃음을 자제하려는 것처럼 가볍게 헛기침을 했다.

"그럼 제 안건인데요, 다지마 구니히로라는 소설가 알아요? 어제 큰 상을 받았어요. 그랬더니 갑자기 바빠져서……."

나는 전광판을 보며 "응" 하고 대답했다.

전광판에 보이는 남자의 얼굴 아래로 '다지마 구니히로'라는 자막이 나오고 있었다.

"응. 지금 막 알았지만."

전화를 끊자 메시지가 도착했다. 오늘은 휴대전화가 불이 난다.

보낸 사람은 도조 하야토였다.

'새로운 연재가 결정됐어. 앞으로 내가 어떻게 될지는 모르지만, 지켜봐주게. 설령 아무도 도조 하야토에게 눈길도 주지 않게 되더라도 나는 평생 만화를 그릴 거야. 그러니까 앞으로

도 기대해줘.'

나는 짧게 답신을 보냈다.

'대충 대충이고 호들갑스럽고 제멋대로고 무책임한 팬이지만요.'

대답은 바로 왔다.

'그걸로 됐어. 자네는 그대로면 돼.'

내일도 또다시 새로운 무언가가 시작된다.

어느새 신호는 초록색으로 바뀌고 일제히 움직이는 사람들과 함께 나도 걸음을 뗐다.

END

작가의 말

안녕하세요. 기타가와 에미입니다. 벌써 데뷔한 지 일 년이 지났습니다. 전작을 읽고 '빨리 다음 작품을 읽고 싶다'고 기대해주신 분, 오래 기다리셨습니다. 이번에 처음으로 제 책을 읽어주신 분들 역시, 감사드립니다.

전작 이후 일 년, 시행착오를 반복하다 못해 우왕좌왕했지만 간신히 두 번째 작품을 발표할 수 있었습니다.

좀처럼 테마를 정하지 못하고 '라이트노벨이란 무엇인가'라는 선문답 같은 고민만을 되풀이하기도 했지만, 드디어 제 안의 안개가 걷힌 듯합니다.

저에게 라이트노벨이란 '아무튼 재미있는 것'입니다.

엔터테인먼트 소설은 당연히 어느 작품이고 재미있지만, 라이트노벨은 특히 '재미'에 특화된 것이 아닐까 합니다. 맞아요, 그야말로 만화를 글자로 만든 것처럼요. 뭐든 가능하고 다소 비현실적이고, 하지만 왠지 즐거워! 그런 것을 제 안의 '라이트노벨'이라 설정했습니다. 그리고 그런 재미있는 작품을 만들 수 있는 작가라는 일에 대해 생각을 했죠. 그렇다면 이 얼마나 행복한 직업인가 하고요.

여담이지만 제가 살면서 처음 되고 싶었던 것은 경찰관입니다. 경찰관이라기보다 형사예요. 참고로 유치원 때 이야기입니다. 이유는 단순합니다. 아버지가 형사였기 때문이었어요. 친구에게 "우리 아빠 형사야!"라고 말하면 대개 "짱이다!"라는 반응이 돌아왔는데, 어린 마음에도 그게 기뻤던 기억이 납니다. 살면서 읽은 책 9할이 미스터리인, 미스터리 광팬이 된 이유도 틀림없이 유치원 시절부터 〈토요 와이드극장〉이나 〈화요 서스펜스〉를 본 영향이 크겠죠.

유치원 시절이라고 하면 한 가지 강렬한 기억으로 남은 사건이 있습니다. 미술 시간에 생긴 일이에요. "장래에 되고 싶은 직업을 그려봅시다!"라는 주제로 다들 꽃집이나 케이크 가게, 운동선수를 그리는 가운데 하필이면 저는 '살인 현장' 그림을 그렸답니다. 원장 선생님을 비롯해 선생님들이 제 그림을 둘러싸고 얼어붙은 듯 심각했던 그 분위기를 지금도 똑똑히 기억합니다. 어린 마음에 '어라, 나 무슨 큰 잘못을 했나?' 라고 불안해했습니다.

"이, 이건 어떤 그림일까……?", "알았다! 구급대원이 되고 싶은 거구나"라고 저마다 말한 선생님들에게 저는 "이건 살인 현장이에요"라고 천진난만하게 대답했습니다. 분위기가 더 꽁꽁 얼어붙었죠. 하지만 저는 굴하지 않고 "범인을 잡는 형사가 되고 싶어요"라는 설명을 해서 무사히 일을 마무리 지었습니다. 선생님이 저희 아버지의 직업을 아셨는지도 모르겠네요. 그리고 그 뒷장에는 성실하게 꽃집 그림도 그렸던 것 같습니다. 그렇게 해야 주변 어른들을 안심시킬 수 있었으니까요.

저는 한동안 진심으로 형사가 되고 싶었어요. 몇 번인가 아버지한테 그 말을 한 적이 있었습니다. 그러나 매번 아버지는 난처한 웃는 얼굴로 "으응……" 하고 말을 흐릴 뿐이었어요. 저는 어째서 더 기뻐해주지 않는지 불만이었습니다.

어른이 되어서야 아버지의 마음을 안타까울 만큼 이해하게 되었습니다.

아버지는 자기 일을 정말 좋아하고 강한 자부심을 가지고 일하셨지만 딸에게 권하기에는 너무나 가혹한 직업이었겠죠. 아버지는 형사 드라마를 함께 보는 동안 저에게 "실제 사건은 한 시간 만에 해결되지 않아" 같은 말을 자주 하셨습니다(지금 생각하면 당연하지만요). 그래도 어느 정도 커서도 끈질기게 "형사가 되겠다"는 저에게 아버지는 딱 잘라 "형사를 하라고는 못 하겠다"고 하셨습니다. 아마 초등학교 고학년 무렵이었을 겁니다.

초등학교에 입학한 저는 형사를 꿈꾸면서도 만화가가 되고 싶다거나(그림을 못 그려서 포기했지만) 소설가가 되고 싶다든가(쓰지 못해서 금방 포기했지만) 이것저것 말하면서 중학생이 되었지요. 중학교 땐 관악 합주에 눈을 뜨고, 고등학교 시절에는 유학을 가기도 하며 정처 없이 멋대로 시간을 보내다 어느새 어른이 되었습니다. 그 부근의 이러쿵 저러쿵은 다음에 또 언젠가 어딘가에서 만에 하나 수요가 있다면 점잔을 빼며 조금씩 내놓아보겠습니다.

그리고 한없이 개인적인 말이라 죄송하지만 하겠습니다.

제 안의 수많은 히어로 중 한 사람은 틀림없이 아버지라는 것을요. 아마도 생애 첫 번째 히어로였겠죠. 지금은 이미 천국의 주민이 되셨지만 줄곧 지켜봐주시리라 믿습니다.

부모님이 건재한 분은 후회하지 않도록 효도하세요. 이런 설교 같은 소리를 해서 죄송합니다.

길게 이야기했지만 앞으로도 여러분, 오래오래 마음 편히 함께 해주신다면 기쁘기 그지없겠습니다.

그리고 마지막으로 많은 편지와 코멘트 감사합니다.

편지는 전부 정성껏 읽고 있습니다. 정말로 힘이 됩니다. 평생의 소중한 선물입니다. 한 사람 한 사람 답장을 보내지 못해 죄송합니다.

그러면 또 만날 수 있기를 진심으로 바라면서…….

기타가와 에미

주식회사 히어로즈

초판 1쇄 인쇄 2017년 9월 13일
초판 1쇄 발행 2017년 9월 20일

지은이 기타가와 에미
옮긴이 추지나
펴낸이 김선식

경영총괄 김은영
기획·편집 이은 **디자인** 심아경 **크로스교** 이상혁 **책임마케터** 이보민 **저작권팀** 최하나
콘텐츠개발3팀장 이상혁 **콘텐츠개발3팀** 이은, 윤세미, 김수나, 심아경
마케팅본부 이주화, 정명찬, 이보민, 최혜령, 김선욱, 이승민, 이수인, 김은지
전략기획팀 김상윤 **경영관리팀** 허대우, 권송이, 윤이경, 임해랑, 김재경, 한유현
외부스태프 노키드 (일러스트)

펴낸곳 다산북스 **출판등록** 2005년 12월 23일 제313-2005-00277호
주소 경기도 파주시 회동길 357, 3층
전화 02-702-1724(대표번호) 02-6217-1726(마케팅)
팩스 02-322-5717 **이메일** dasanbooks@dasanbooks.com
홈페이지 www.dasanbooks.com **블로그** blog.naver.com/dasan_books
종이 (주)한솔피엔에스 **인쇄·제본** (주)갑우문화사
ISBN 979-11-306-1425-0 (03830)

- 이 도서의 국립중앙도서관 출판시도서목록(CIP)은 서지정보유통지원시스템 홈페이지(http://seoji.nl.go.kr)와 국가자료공동목록시스템(http://www.nl.go.kr/kolisnet)에서 이용하실 수 있습니다. (CIP 제어번호 : CIP2017022726)